Videntes

by

CONSTANTINO ENEAS

Constantino, Eneas
  Videntes. - 1a ed. - Pinamar : Imprimatur Ediciones, 2014.
  E-Book.

  ISBN 978-987-29973-2-8

  1. Narrativa Argentina. 2. Novela.
  CDD A863

Arte de tapa: "Te estoy mirando". © 2011 Romina Paula Arcamone.

ISBN: 9872997322
ISBN-13: 978-987-29973-2-8

DEDICATORIA

"Desde el inicio de los tiempos hemos estado aquí, pero no somos como los demás. No podemos serlo. Vivimos vidas secretas, simulando algo que en verdad no somos, mezclados en la multitud. Nadie sabe que existimos, y así debe permanecer..."

Ángelo Petrucci

"Te advierto, quien quiera que fueres, Oh! Tú que deseas sondear los arcanos de la Naturaleza, que si no hallas dentro de ti mismo aquello que buscas, tampoco podrás hallarlo fuera. Si tú ignoras las excelencias de tu propia casa, ¿cómo pretendes encontrar otras excelencias? En ti se halla oculto el Tesoro de los tesoros.
¡Oh! Hombre, conócete a ti mismo y conocerás al Universo y a los Dioses."

Inscripción en el pronaos del templo de Apolo en Delfos.

I

- Y dígame ¿Escucha voces? ¿Le dicen que haga cosas?-

Su interlocutor, visiblemente molesto, carraspeó.

- Mire doctor, ya me ha hecho esa pregunta al menos tres veces en este rato.- suspiró.- Y la respuesta sigue siendo no. No oigo ninguna voz; nadie me dice que haga nada. No estoy chiflado. Simplemente...-

- Simplemente alucina. Eso sí, sin voces, claro; eso ya me lo ha dicho, tres veces, como acaba con contabilizar. Pero entienda Demetrio, mi trabajo en esta ocasión es determinar lo mejor posible qué es lo que le sucede y si entraña un peligro para usted o para quienes le rodean.- le dirigió una mirada benevolente.

- Bueno, por supuesto, yo comprendo lo que me dice; y honestamente no me agrada la idea de causar ninguna molestia a nadie por este tema mío.-

Ahora fue el doctor quien suspiró.

- Mire, estas alucinaciones que me ha descrito no parecen revestir mayor gravedad. A veces sucede que como producto de intenso stress emocional o físico algunos individuos presenten lo que se da en llamar "sueños lúcidos". Esto se puede entender, básicamente, así como suena; el tener sueños mientras uno está en estado de vigilia, por lo que la experiencia aparece como una especie de alucinación.- el médico cruzo el brazo sobre la magra mesita de la blanca sala hospitalaria y lo apoyó paternalmente sobre el hombro del joven.- En algunos casos es difícil o incluso virtualmente imposible para el individuo distinguir entre los sueños lúcidos y la realidad, pero en el suyo ha sido relativamente claro para usted cuando estos eventos han sucedido.-

- Así es. De hecho, los reiterados episodios de sueños lúcidos, como usted les llama, son los causantes de que haya venido hoy aquí.-

- Claro, además de que este último episodio ha sido un poco más perturbador que los anteriores, por lo que ha comenzado a dar gritos en medio de la calle, ha pateado un par de mesas a la puerta de un bar, y lo han tenido que subir a una ambulancia atado con una correa a la camilla y traerlo directo aquí.- El médico lo miró a los ojos, intentando mitigar la acidez del comentario con una mirada honesta.

Demetrio recibió el comentario con una sonrisa forzada, tensa. La verdad era que se estaba cansando ya de las molestas cuasi bromas de aquel loquero, pero no había escapatoria del lugar en que se hallaba. Frente a la puerta de la habitación había un oso humano, esto es, un hombre casi tan ancho como alto

—y era bastante alto de por sí.- vestido de bata blanca, que con mirada glacial y poco amistosa le indicaba que le retorcería el pescuezo en caso de intentar la fuga.

Hacía ya un largo rato que se desarrollaba esta pequeña batalla psicológica entre el hombre de barba frente a la mesa y él. El tipo parecía una buena persona, sólo que dadas las circunstancias no le tocaba hacer un papel muy agradable. Demetrio realmente se había salido de sus casillas frente a aquel bar, por lo que no había forma en que aquel médico pudiera dejarlo irse de allí sin estar seguro de que no iba a liquidar a alguien a la vuelta del hospital. Suspiró, aflojando la tensión del cuello y los hombros y poniendo las manos sobre la mesa. "Bien, bien, así me gusta, recapitule hombre, que si no está loco lo podré dejar salir de aquí sin chaleco de fuerza", pensó el médico viendo los claros signos de autocontrol de Demetrio. Éste suspiró sonoramente, miró al doctor a los ojos y en tono resignado le planteó lo que había sucedido.

El otro hombre iba gestando una leve ansiedad en su interior a medida que aquel muchacho le relataba lo sucedido. Le hablaba de hace una semana atrás, cuando comenzó todo. De súbito y como en una ráfaga, el joven había tenido un descomunalmente prolongado deja vu. De pronto se encontró con que un cliente regular entró a la zapatería de que era dueño y le pidió un par de zapatos negros de un talle en especial para regalar a un muy querido amigo. Le contó de algunos problemas con su hijo mayor, de que su esposa estaba con dolor de cabeza para variar y no le daba las atenciones que su estado marital reclamaba, y un sinfín de etcéteras y trivialidades varias, propias de la conversación casual entre un comerciante y un cliente habitual.

La cosa es que Demetrio ya sabía todo ese diálogo de varios minutos; lo podía ir previendo todo, cada palabra de aquel hombre antes de que saliera de su boca, y todo ello con una sensación fortísima de deja vu que en aquel momento lo apabulló. Cuando el cliente salió del local se puso a temblar violentamente.

- ¿Está seguro que esa fue la primera vez que le sucedió esto?-

- Claro que no, a esta altura ya no estoy seguro de nada. Pero al menos esa es la primera vez que sentí algo tan intenso como esto que viene pasando. Por supuesto he tenido otros deja vu en mi vida, pero nunca han llegado a este estado de cosas como ahora.-

Demetrio pasó luego a contarle el siguiente episodio, dos días después del primero. En esa ocasión era de noche y lo que sucedió a lo largo de casi media hora de espera en un local de comidas rápidas, desde que ordenó la cena hasta que le entregaron el paquete y marchó a su casa, fue apareciéndose en su mente como si ya hubiera sucedido antes.

- Bueno eso resultó bastante más largo que la vez

anterior ¿Verdad?-

- Si, pero en esta oportunidad no era solamente lo que me decía una persona lo que se sentía como deja vu, si no todo; todo lo que pasó en ese rato era como si ya hubiese sucedido.- tragó con dificultad.- un niño se tropezó en la vereda y la madre lo regañó por no mirar por donde caminaba. Una señora quejándose de lo mucho que se demora en los locales de comidas rápidas en servir los platos. El cajero que mascaba chicle de sandía desfachatadamente y despedía un feo aroma artificial a dicha fruta. Y muchos más detalles. Todo a mi alrededor.- miró al médico fijamente.- esa vez me asusté más todavía. Ahí fue que comencé a creer que quizás me estaba volviendo loco.-

- Claro.- dijo el médico con tono conciliador.

Garrapateó unas notas en el cuaderno que descansaba frente a él sobre la mesa. Luego del breve silencio en tanto escribía, levantó la vista de la hoja a los ojos de Demetrio.

- Sí, lo sé, es realmente disgustante cuando los loqueros como yo dicen cosas como "claro" o "por supuesto" y se dedican a escribir vaya uno a saber qué en estos cuadernitos odiosos que todos llevamos.- Demetrio le dedicó una sonrisa forzada.

- Pero le aseguro que son meros tecnicismos que nos vemos obligados a anotar para no olvidarlos luego, pero no se preocupe que no indican necesariamente que le vaya a poner un chaleco de fuerza a usted.-

Hizo una pausa, con una sonrisa amable aflorando

al rostro.

- Bien. Continúe por favor con este último episodio que ha sucedido hoy.-

Demetrio se envaró un tanto al volver a rememorar los hechos que habían ocurrido apenas un par de horas atrás. En realidad hubiera preferido no tener que volver sobre eso ahora, pero sabía a las claras que aquel hombre no lo dejaría ir en tanto no contestara todas sus preguntas.

- Muy bien, dado que no tengo más remedio, veamos lo sucedido...- suspiró ruidosamente, como tomando un impulso que le faltaba para volver a encarar los hechos.- Como usted ya sabe, hace unas horas estaba yo caminando por una callecita cerca de aquí; una de las calles laterales a la plaza principal, y al pasar frente a un restaurante con sillas en la vereda, creo que se llamaba "Della Piazza", me volvió a suceder un fuerte deja vu. Lo particular de la ocasión...- frunció el ceño, como si tuviera que hacer un gran esfuerzo para decir las palabras siguiente. El médico se inclinó hacia adelante poniendo las manos sobre la mesa, expectante.- ¿Sí?- interrogó.-

- Lo particular era que yo sabía, y sabía con una certeza que no dejaba ningún lugar a dudas, que el hombre sentado en una mesa justo a mi izquierda iba a ser atropellado por una moto que pasaría en breve por allí, repartiendo comidas a domicilio. Aquel hombre iba a morir en unos segundos.-

Se le estranguló la voz, presa evidentemente de un

estado nervioso intenso. "Estará rememorando sus sentimientos de ese mismo instante", pensó el psiquiatra. Miraba intensamente a Demetrio, con creciente interés. Aquel tipo no parecía un lunático, y sin embargo lo que le estaba contando...

- Muy bien Demetrio, usted supo anticipadamente que ese hombre iba a morir ¿Fue entonces que empezó a patear las mesas del lugar? ¿El motivo era espantar a la potencial víctima de accidente?-

- Claro. Y al parecer dio un buen resultado, porque mientras me subían a la ambulancia pude cerciorarme de que al hombre aquel lo habían pasado a una mesa en el interior del local, por lo que estimo el peligro había pasado.-

- Muy bien, o sea que su rapto de locura no fue del todo real. Usted quería ayudar a aquel tipo.- puso gesto de extrañeza.- Ahora bien, dado que usted no tenía nada que ver, y no podía de ninguna manera ser responsable del destino de aquel hombre ¿Por qué sentía tamaña angustia y responsabilidad hacia él? ¿No podía acaso simplemente lamentarse de la suerte de aquel pobre diablo y cruzar de vereda?-

Demetrio miró al doctor con horror en sus ojos.

- ¿Pero cómo puede siquiera decir eso? No tiene importancia que no lo conociera ¡Es un ser humano, por amor de Dios! ¡No podría haber dejado que muriera allí! Sabiendo lo que sabía, hubiera sido como matarlo con mis propias manos.-

El doctor sonrió con un rictus amargo.

- Claro, por supuesto.- a continuación garrapateó algunas líneas más en su cuaderno.

Luego dejó la carpeta sobre la mesa, y se quedó unos segundos en pose reflexiva, mirando reconcentradamente hacia abajo, en dirección a sus zapatos. Al cabo, carraspeando ruidosamente, levantó la vista hacia Demetrio.

- Mire Demetrio, vamos a hacer una cosa; no voy a retenerlo aquí, dado que mi opinión profesional es que si bien usted está bastante alterado, no está fuera de sí, y considero que puede hacer frente al mundo real.-

Demetrio había esbozado una sonrisa y comenzado a levantarse de la silla, pero el médico le señaló perentoriamente la silla.

- Aún no termino.- Le dirigió una mirada circunspecta.- Para obtener esta salida usted debe comprometerse a asistir a un grupo de terapia que dirijo a unas cuadras de aquí, dado que sí considero que usted requiere de ayuda.-

- Ajá… Veo que no voy a obtener gratis mi libertad.- Lanzó con cierta sorna. El médico le dirigió una seca y breve risita.

- No. Claro que no. Hay un precio que pagar por cada decisión que tomamos en la vida. Esto que le ofrezco es la alternativa a quedarse unos días aquí en observación. Es su decisión.-

Demetrio refunfuñó con aire compungido, en tanto que miraba de reojo al voluminoso enfermero que, cual carcelero, guardaba la puerta de la sala. Suspiró ruidosamente, haciendo un gesto con ambas manos indicando su capitulación.

- La verdad es que no me deja demasiadas alternativas, doc.- lanzó, en tono decididamente ácido.- Bueno ¿Dónde debo firmar?- El doctor sonrió afablemente y le extendió una hoja membretada de la institución.

Una vez el joven hubiera firmado los documentos, el doctor le hizo un gesto al enfermero-oso de la puerta, el cual cambió el gesto adusto por uno inusitadamente más humano, y sonriéndole cordialmente, invitó a Demetrio a salir, haciéndose a un lado y señalando la puerta.

Demetrio suspiró notablemente aliviado y saludando al doctor con un gesto se lanzó hacia la puerta, como temiendo que esos tipos cambiasen de opinión.

En cuanto el joven salió de allí, el psiquiatra descolgó el teléfono y marcó un número de pocos dígitos.

- Informaciones...- indicó la voz lacónica al otro lado de la línea.

- Buenas tardes joven ¿Podría por favor facilitarme el teléfono de un restaurante que se llama "Della Piazza" y se encuentra precisamente en una de las calles laterales de la plaza de Villa Devoto?-

- Por supuesto, aguarde por favor, voy a verificar si lo tenemos registrado con ese nombre en el rubro restaurantes.-

Lo tenían. El médico lo anotó y a continuación de agradecer a la joven voz de sexo indefinido que le había facilitado la información, llamó al teléfono del restaurante.

Sí, allí había sucedido hacía unas horas un hecho extraño con un peatón que había comenzado a hacer unos desmanes y había sido detenido. Sí, al rato de haberse llevado la policía al vándalo, una moto de esas utilizadas para hacer delivery se estrelló contra unas mesas que el local tiene en la vereda. ¿Que si hubo algún herido? No, claro que no, gracias a Dios. ¿Que si había alguien cerca de donde se estrelló la moto? No, nadie recibió siquiera un raspón, lo cual era una suerte a agradecer a aquel desquiciado vándalo, dado que sus desmanes espantaron u obligaron a entrar dentro del local a los clientes que allí donde se estrelló la moto estaban.

El doctor agradeció las informaciones, y luego de colgar, se quedó pensativamente sentado en la sala, frotándose con cierta ansiedad la barba entrecana. Luego descolgó el teléfono otra vez..

II

El tibio sol de Junio calentaba con sus últimos rayos el campanario de San Antonio de Padua, una vieja Basílica del barrio de Villa Devoto. Hojas secas se arremolinaban frente a las rejas de la entrada. Una mujer se detuvo frente a la puerta del edificio. El gesto vacilante y las manos que frenéticamente frotaba como si intentara calentarlas delataban la ansiedad que la dominaba. Por supuesto, había buenas razones para que se sintiera así; o al menos eso es lo que ella creía.

Ingresó a la nave principal de la parroquia velozmente, buscando con la mirada al padre Ángelo, que era con quién quería conversar lo que le estaba sucediendo. "Donde diablos se metió este hombre". Pensó para sus adentros. Inmediatamente sonrió picarescamente. "Bueno, quizás no debería siquiera pensar esa palabra en este lugar".

No terminó de hilar ese pensamiento cuando el

individuo en cuestión apareció en su campo visual, caminando pausadamente desde el fondo del ala izquierda de la nave, seguramente saliendo de la sacristía.

Era un hombre de unos cincuenta y pocos años, bastante alto, como de un metro ochenta, el que caminaba tranquilamente hacia ella. La había visto, por lo que con un amable gesto de su mano derecha la saludó y avanzó con exasperante lentitud por el ala izquierda de la nave en dirección a ella. Caminaba ligeramente encorvado hacia adelante, como si cargara un peso en sus espaldas; impresión esta que transmitía aún cuando permanecía quieto.

- ¡Oriana! ¿Qué hay de nuevo, mi querida muchacha?- Inquirió jovialmente el sacerdote al llegar junto a ella.

- Padre Ángelo, usted siempre tan cordial... hoy no me siento muy bien.- Lanzó ella.

El hombre arrugó la frente con gesto algo teatral.

- Ay pero mi querida, estos saltos del ánimo van a terminar por hacerte mal. No te hagas rogar y cuéntame lo que te sucede.- El hombre señaló uno de los bancos de la nave.- A lo mejor sentada te encuentres más cómoda, hija.-

Ella asintió y tomó asiento en silencio, mientras que el sacerdote hacía otro tanto. Luego ambos se quedaron en silencio, mirando perdidamente en dirección al altar. Estaban cerca, tan cerca que podía apreciar la mirada del Cristo del relieve de la última cena, que parecía estar dirigida a ella. "Estoy un poquito más loca a cada momento". Al cabo de unos instantes de silencio, y sintiendo la mirada interrogante del sacerdote, la joven suspiró y se acomodó en el duro y frío banco de madera. Su expresión era compungida, casi al borde de las lágrimas.

- Padre, me han estado sucediendo algunas cosas a las que no encuentro explicación...- sollozó.- Creo que me estoy volviendo loca.-

- Bueno a ver hija, será mejor que ilumines un poco esas palabras, que no comprendo lo que te sucede. ¿Así de grave es?-

- Peor; no creo poder explicarle cómo me siento.- El sacerdote arqueó las cejas.

- Bueno, mejor comenzar desde el principio. ¿Qué es lo que pasó para que te pongas de esta manera?-

La chica soltó algunas lágrimas entre sollozos, pero se apresuró a contenerse, y sacando un pañuelo de papel se recompuso, y ya más calmada, volvió a hablar.

- Bueno, no estoy segura de que haya sido la primera vez... me resulta complicado establecer esa distinción...- respiró hondo, tomando impulso para poder soltar el motivo de su congoja.- Lo que sucede es que puedo predecir cosas, padre.- acto seguido rompió a llorar desconsoladamente.

El sacerdote la miró con gesto extrañado y preocupado. La joven no paraba de llorar. La rodeó con su brazo, hablándole suavemente, tratando de que se calmara. Poco a poco Oriana fue bajando el nivel violento de su nerviosismo, hasta que finalmente pudo levantar la vista y mirar al padre a los ojos. Este le indicó que lo acompañe a la sacristía, donde se sentiría más resguardada de la mirada curiosa del resto de los feligreses. Ella asintió entre sollozos, y se dejó conducir por el hombre en dirección a la puerta lateral a la izquierda del altar, que era de donde él había salido hacía unos momentos.

La sacristía era un lugar algo despojado; unos pocos muebles de roble de aspecto bastante rancio, en un ambiente que podría dar cabida a un living entero. Se sentía un poco de frío en aquel lugar. Pero la protegía de las miradas curiosas. El padre le indicó el par de sillas frente a un escritorio, donde ella imaginaba que recibiría a las parejas que se iban a casar, entre otros. Siguiendo sus indicaciones, Oriana tomó asiento en una de aquellas mullidas sillas, mientras que él hacía lo propio en la otra.

- Bueno, mi querida Oriana.- pronunció su nombre suavemente, con cariño.- espero que aquí te sientas un poco más a cubierto de las miradas ajenas.- el hombre la miró con gesto amable.- Cuando te sientas en capacidad de hacerlo, por favor intenta contarme nuevamente lo que te tiene preocupada.-

La mujer asintió, aunque aún mantuvo el silencio unos largos instantes más. Miraba con expresión ausente en dirección a la pared detrás del escritorio, donde había un perchero de madera, en el cual descansaban los ropajes de la misa. Suspiró sonoramente.

- Padre, todo comenzó con pequeños deja vu...- se envaró en su asiento.- pero luego... se convirtió en algo más complicado.-

- ¿Sí?- el sacerdote la miraba expectante.

- Sí. Hace unas semanas atrás, durante una tarde de domingo en que estaba tomando el té con mis padres en casa, tuve una especie de largo deja vu; durante algo así como un minuto o quizás dos, toda la conversación que tuvimos la sentí como si ya hubiera sucedido.-

El sacerdote la miró con atención.

- ¿Como si ya hubiera sucedido? No entiendo hija...-

- Claro, cada diálogo; cada palabra que salió de nuestras bocas, yo ya sabía cuáles eran antes de que fueran pronunciadas. Fue algo horrible padre; pensé que me estaba volviendo loca.-

- Muy bien Oriana, comprendo. Continúa, por favor.-

- Al cabo de un par de minutos dejó de suceder; entonces me calmé, y olvidé todo el asunto. Pero luego, unos días después de aquella vez, volvió a suceder. En esta ocasión estaba charlando en un café, en una reunión con un par de amigas y ex compañeras del Liceo, cuando todo comenzó otra vez.- hizo una pausa, trastornándosele el rostro en un rictus de intensa angustia.

- Estábamos charlando con las chicas y de pronto, sin mayor aviso, comencé a sentirme un poco mareada, y nuevamente, para mi terror, los diálogos se volvieron nítidamente conocidos antes de salir de boca de todas ellas. Incluso pude anticipar el diálogo con el camarero, y algunas frases que se decían en las mesas alrededor de la nuestra.-

- ¡Qué remarcable querida, lo que me cuentas! ¿Recuerdas algo más?- insistió el sacerdote, clavándole una mirada que se iba tornando más tensa.

- Recuerdo el ladrido de un perro en la calle frente al bar en que estábamos, incluso la frenada de un coche que pasaba cuando ese mismo perro se lanzó a cruzar la calle y casi resulta arrollado por el auto.-

Oriana siguió contándole al sacerdote algunos detalles de esa última vez en que se había sentido de esa extraña manera. El hombre la escuchaba atentamente, tomando nota mental de los detalles que ella le confiaba. Cuando terminó de contarle todo, se hizo un silencio largo. El hombre meditaba lo escuchado con la vista perdida en dirección al escritorio. Ella hacía otro tanto.

Sentía un cierto alivio de haber podido contarle al padre Ángelo todo aquello. Finalmente aquel hombre no la estaba mirando con gesto de estar frente a una demente, lo cual le transmitía cierta calma.

El sacerdote volvió en sí, y tomando la mano de la joven con suavidad, la miró a la cara.

- Oriana, querida, sinceramente no creo que tengas un problema grave. Desde ya, no creo que estés loca ni mucho menos.- sonrió con gesto afable.- Por supuesto, veo que este tema te tiene muy intranquila, por lo que quisiera recomendarte un buen amigo mío que podría ayudarte a sentirte mejor con ello.-

La muchacha lo miraba atentamente.

- ¿Qué clase de amigo?-

- La verdad se trata de un profesional de la salud mental, un excelente psiquiatra.- la joven arrugó el ceño.- Pero hija, ante todo es un muy buen amigo, y luego es un muy buen psiquiatra.-

- Bien, supongo que si usted lo dice... podría llegar a hacer el intento... ¿Cómo funcionaría? -

- Primero que nada no es necesario que vayas a una consulta, así que ya puedes aflojar esa mirada de reproche que me dedicas, hija; no te voy a mandar al psiquiatra.- ella sonrió con sorna.- Este amigo mío tiene un grupo de ayuda que se reúne periódicamente, en el cual según entiendo tú podrías contar estos temas que te tienen preocupada.-

- ¡Ay padre! ¡No me manda al psiquiatra, pero sí a un grupo de autoayuda! No sabría decirle cuál propuesta me daría más temor, en el sentido de confirmar mis sospechas.-

La muchacha le dirigía una sonrisa bromista, pero los ojos brillosos delataban la angustia detrás de la máscara que mostraba en ese momento.

- Pero no, hija querida, no desesperes, te soy

absolutamente sincero al decirte que estás muy bien; no es la primera vez que oigo de estas cosas; a veces suceden producto del estrés, otras puede ser hormonal, pero lo importante es que no estás loca y que esto que te asusta no lo hará para siempre.-

La muchacha le dirigió una sonrisa algo forzada, en tanto que el sacerdote le pasaba un brazo sobre los hombros, abrazándola en actitud protectora. Conocía a ese hombre de toda su vida; de hecho, había sido él quien la había bautizado, en aquella misma iglesia, hacía ya veinte y siete años.

Su familia acudía con regularidad a la parroquia, para las misas de domingo, otras veces cuando se organizaba algún evento vecinal patrocinado por la misma, o incluso para los eventos familiares; casamientos, nacimientos, etc.

Aquel hombre la había sostenido en brazos en el momento de su bautismo, y ahora la consolaba en este momento oscuro que estaba pasando. "Es como un tío para mí" pensó no sin cierto vago sentido del humor.

- Muy bien padre, confiaré en usted en esto.- suspiró con aire resignado.- Por favor, deme la dirección del lugar al que debo acudir para las reuniones que lleva adelante este psiquiatra amigo suyo.-

- Claro querida. Dame un instante que creo que en el escritorio tengo una tarjeta con la dirección de marras.-

El sacerdote se levantó trabajosamente del asiento al lado de la joven, caminó los pocos pasos que lo separaban del escritorio, y fue directamente a un cajón que había en el lado izquierdo del mueble. Con una llave que se sacó de la sotana, procedió a abrir el cajoncito, y luego haciendo un gesto de satisfacción extrajo un rectángulo de papel blanco con letra negra, que le obsequió a la muchacha con una sonrisa bonachona.

"Dr. Aníbal Livingston, Grupos de ayuda psicológica". Eso rezaba la tarjeta que le dio el padre. Al pie se veía una dirección; era apenas a algunas manzanas de allí, en el mismo barrio.

Con notorio alivio, decidió para sí que iría a ver a ese hombre. El padre Ángelo siempre había sido amable y desinteresado para con ella, por lo que no veía en aquella recomendación más que la solícita ayuda del viejo sacerdote.

- Padre, muchas gracias por haberme soportado todo este rato.- sonrió.- sé que he estado bastante insufrible, y me doy cuenta de lo mal que se lo he hecho pasar. ¡Ah! También quiero agradecerle por el contacto con este profesional que usted me recomienda. Le comento para que lo sepa que planeo hacer caso de su recomendación e ir al menos a una reunión con este hombre para ver de qué se trata y si puede ayudarme a entender lo que me pasa.-

- Muy bien hija querida. Eso es todo lo que necesito; ver que estás mejor y que irás a ver al doctor

Livingston. Estoy convencido de que podrá ayudarte.-

La muchacha le dio un fuerte abrazo, pleno de agradecimiento, y se despidió del padre con un beso en la mejilla.

Salió de la sacristía en dirección a la calle. Ya no se sentía tan mal como cuando llegara. No entendía bien porqué, pero ella también estaba convencida de que el doctor Livingston iba a poder ayudarla a encontrar respuestas.

III

Al día siguiente de haber pasado aquel desagradable rato en el pabellón psiquiátrico del hospital de Villa Devoto, ya promediando la tarde, Demetrio se encaminó al lugar indicado en la tarjeta del grupo de ayuda que le había dado el doctor Livingston.

El local se encontraba en la calle Sanabria, apenas doblando la esquina de la avenida Beiró, en una de las zonas de mayor tránsito de aquel barrio. Bocinas y humo de escapes por doquier. Un bonito infierno de asfalto.

Había una joven parada justo a las puertas del local indicado en la dirección, que miraba hacia dentro con un aire entre preocupado y extrañado. Él se acercó a la vidriera y miró hacia dentro también. El local constaba de un único ambiente, bastante amplio, con una serie de sillas esmeradamente ordenadas en filas, apuntando hacia el fondo del lugar, donde en una especie de atril se podía ver a un señor algo entrado en años hablando al escaso público de las sillas. Había carteles pegados en las paredes laterales del local, que informaban de días y horarios para charlas sobre diversos temas; desde el inicio del universo hasta problemas en el hogar. En definitiva, parecía un local de alguna religión alternativa, de esas que captan personas con graves problemas emocionales y las incorporan a su "rebaño". No resultaba muy estimulante para la personalidad eminentemente práctica de Demetrio; personalidad que lo había llevado a comenzar, aunque no hubiera terminado sus estudios superiores a causa del trabajo en la zapatería, la carrera de Ingeniería Civil.

Oriana volteó para mirar al hombre que se había parado cerca de ella, y no pudo evitar una breve risita socarrona al notar el talante desconfiado del tipo.

- Parece un lugar poco confiable, ¿eh?- le sonrió a Demetrio.

- A decir verdad, sí; me han "sugerido"- remarcó.- que venga a una charla grupal que se realiza aquí. Pero luego de ver el aspecto del lugar siento que me estoy arrepintiendo de haber aceptado.

- A mí me sucede otro tanto. También me han sugerido que venga, aunque me parece que en mi caso al menos le daré el beneficio de la duda.-

Demetrio la miró nuevamente, esta vez con más atención.

- ¿A usted también la citaron a la charla con el doctor Livingston? -

- Sí, ese es mi caso también.-

- Bueno, usted parece una persona normal, así que si todo el grupo es como usted y yo, creo que quizás no sea tan malo.- sonrió Demetrio al lanzar la chanza.- Demetrio es mi nombre. Perdone la impertinencia, pero la impresión que me dio el local me hizo olvidar las presentaciones.-

- Oriana es el mío, y no se preocupe por las presentaciones. Respecto de lo normal, hable por usted Demetrio; yo no me siento muy normal últimamente.- bajó la voz al decir esto último.

Él la observó unos instantes. La mujer parecía un poco tensa, cosa que se evidenciaba en el movimiento inconsciente de sus dedos por el pelo; a cada instante se estaba tocando y acomodando su larga y oscura cabellera.

- Bueno no se preocupe, si es por sentirse normal, imagínese usted que nadie debe de venir a estos grupos precisamente porque todo esté bien, Oriana... claro que tenemos algo que nos preocupa, y por eso estamos hoy aquí.- hizo una pausa, intentando hallar palabras que no sonaran a un intento de flirteo.- me refería a que usted parece una persona agradable; uno esperaría encontrarse aquí con gente más novelescamente alterada; personalidades oscuras o al menos más atemorizantes que una joven de aspecto normal... si comprende lo que quiero decir.-

- Claro, sí, se refiere a que soy una persona promedio.- De alguna manera esto sonó en boca de Oriana como si él la hubiera insultado. El rostro de

Demetrio se ensombreció.

- Bueno, en realidad no era mi intención ofenderla con lo que dije...- comenzó a disculparse Demetrio. La muchacha rió con ganas.

- ¡Era solamente una broma! Por supuesto que no me sentí ofendida, aunque es cierto que su comentario podría haberse malentendido con bastante facilidad.- le hizo un guiño pícaro con el ojo.

Oriana se sentía un poco mejor, ahora que aquel hombre estaba también allí, pasando el mismo mal rato que ella. No era una cuestión de alegrarse de ver a otro en la misma miseria, si no como él mismo había manifestado, parecía un joven común, y eso alejaba los fantasmas tenebrosos de su fantasía respecto de aquel grupo de ayuda, donde habría podido imaginar presencias mucho más oscuras y atemorizantes que aquel hombre de hablar calmo y respetuoso, y aspecto inofensivo.

Miró hacia arriba del local, en dirección al cartel que anunciaba las actividades de aquel lugar; espacio de meditación, charlas, y actividades culturales. "Sí, realmente parece un antro de charlatanes. Ojalá nos equivoquemos". Pensó la muchacha. Suspiró y bajó la vista hacia su reloj. Ya habían demorado suficiente en la puerta y era la hora indicada en la tarjeta. Le hizo señas a Demetrio, el cual asintiendo, inició el avance hacia lo desconocido...

El hombre espiaba a través de una mirilla alargada

la vereda justo frente al local, donde un hombre y una mujer jóvenes conversaban amistosamente. A la mujer la conocía; él mismo la había invitado a acercarse a ese lugar. Al hombre lo conocía su compañero, que junto a él espiaba también los movimientos de ambos.

Se hallaban en un pasillo algo angosto, cuya puerta, sobre la que estaban apoyados, daba directamente a la calle. Era un largo camino que comunicaba una serie de ambientes; el propio ambiente del local, cuyo interior ahora observaban con recelo el hombre y la mujer en la vereda, y continuaba hacia el fondo de la propiedad. El pasillo era descubierto, por lo que ahora que ya casi había anochecido, apenas se veían las otras dos puertas que había en el mismo, a la luz de la pobre luminaria amarilla que hollaba la oscuridad incipiente.

- Bueno, al final han venido los dos. Contra todo pronóstico, debo decir.-

- Padre, padre, usted no me tiene fé.- lanzó mordaz Livingston.- nunca dudé de que el muchacho vendría. Por encima de su comprensible bravata cuando lo atendí en el hospital, quiere entender lo que le sucede. Y sobre todo, tiene miedo.-

- Ah, sí, el miedo...- farfulló el sacerdote.- a ese lo conozco bastante bien.-

- Claro, imagino que la inmensa mayoría de sus feligreses que se acercan a platicar con usted tienen como motor algún temor.-

- Sí, aunque en este caso puntualmente me refería

a mí mismo. No he sido inmune al miedo, eso decía...- las palabras flotaron unos instantes en el aire, sin eco.

El doctor Livingston guardó un respetuoso silencio. Le ponía incómodo todas las veces. Aquel sacerdote había convivido cara a cara con la muerte en muchas ocasiones, trabajando en las villas de emergencia ubicadas en los alrededores de la ciudad. Allí, intentó en muchas ocasiones torcer el destino cruel de los chiquillos que vivían a su alrededor. La mayor parte de los habitantes de esos paupérrimos complejos habitacionales eran gente muy pobre, y muy honrada, y muy ignorante. Todo muy, solía decir el padre en tono bromista. Pero entre ellos habitaba una minoría de traficantes de drogas y otras gentes de mal vivir, que estaban permanentemente a la caza de los muchachitos que vivían en el barrio. Los reclutaban desde pequeños para trabajar con ellos. Los niños se veían así atrapados entre el destino de sus padres, doblegados bajo el yugo de un sistema que no se interesaba por ellos, que trabajaban como animales de carga todo el día para apenas tener algo de comer, o bien el de los traficantes, siempre bien vestidos y con mucho dinero en el bolsillo. Era una situación muy desleal en la que la sociedad dejaba que estos niñitos decidan por sí mismos su destino. De más está decir que muchos sucumbían a la tentación del dinero, y no pocos lo hacían también movidos por el profundo resentimiento contra aquella sociedad que los dejaba allí, encerrados en esos guetos modernos librados a una suerte que no parecía en ningún caso demasiado halagüeña.

El padre Ángelo intentó muchas veces cambiar esas decisiones mal tomadas, mostrando a aquellos muchachitos la posibilidad de una vida mejor, sin necesidad de seguir una vida de violencia y marginalidad. El propio padre aplicó también la extremaunción y ofició en el entierro de muchos de aquellos chicos. Pocos fueron los que pudo rescatar de aquel infierno. Sin embargo, con uno era suficiente, solía arengar, intentando autoconvencerse de que haber vivido esa miseria espantosa valió la pena, y de que sus angustiosos esfuerzos no habían sido en vano.

Livingston, había crecido en una familia acomodada; su niñez y adolescencia pasadas entre vacaciones en Europa y los más exclusivos colegios de Buenos Aires. Luego había ingresado a la universidad para graduarse con honores en Psicología. Siempre había sentido un profundo respeto por la vocación de sacrificio de su amigo y compañero, aunque él mismo no se identificara al mismo nivel con ella.

- Claro querido amigo, comprendo a lo que se refiere.- suspiró.- a veces siento un vago y suave murmullo de culpa en el fondo de mi ser por no poder comprenderlo a un nivel vivencial.-

- Sí. Comprendo. De todas maneras, cada uno tiene su misión aquí en este mundo, como usted bien sabe.- le dirigió una mirada de comprensión.- es humano, Aníbal, quizás uno de los aspectos que más humanos nos hace, aquel de sentir una profunda e insidiosa nostalgia por comprender algo que sin embargo se nos escapa.-

Guardaron silencio unos instantes. Cuando los jóvenes finalmente avanzaron en dirección a la entrada del local, los dos hombres se miraron con gesto cómplice. Había que ponerse a trabajar. Pausadamente, caminaron hacia la segunda puerta del pasillo, ingresando al cuarto inmediatamente detrás del local.

Demetrio ingresó el primero en el local, como si de una avanzada de reconocimiento se tratara. Miró los carteles en las paredes, el puñado de personas sentadas en las sillas del local, escuchando la arenga monocorde de aquel señor que ya hacía un buen rato hablaba de un algo que no estaba interesado en oír.

Oriana lo siguió adentro, algo insegura. El ambiente era cálido dentro del lugar. Las personas permanecían en un silencio recogido, escuchando atentamente al hombre del atril. Había un suave perfume a incienso, proveniente de un par de incensarios ubicados en las esquinas traseras del local, a los lados del atril. El conjunto les transmitía la impresión de encontrarse en un templo, en un suelo sacralizado de alguna manera, aunque nada específico lo anunciaba declaradamente.

El hombre detrás del atril era el único que parecía pertenecer al staff del lugar. Aparentaba estar bien entrado en años; posiblemente más de setenta. El pelo totalmente blanco y corto dejaba entrever apenas un ensortijado mañoso, que si se dejara el pelo más largo se transformaría probablemente en algo así como una rasta natural. Los ojos grises y profundamente inquirientes le daban el aspecto de un viejo búho que oteaba el carácter de sus oyentes. Completaba ese semblante largo, largo, una prominente nariz aguileña. El conjunto denotaba un carácter poderoso y penetrante.

Se miraron y, con un leve encogimiento de hombros por parte de Oriana, se sentaron en la última fila de sillas. El tipo hablaba del sentido de la vida, y de cómo la dificultad moderna de dar sentido empujaba a las muchedumbres en manada a los consultorios psicológicos y a los fármacos psiquiátricos. "Un lugar bastante común". Pensó Demetrio.

La charla prosiguió algunos minutos más, durante los cuales el fastidio de Demetrio fue in crescendo. Finalmente, luego de un lapso insoportablemente largo, según juzgaba Demetrio ,aunque no pueden haber sido más que unos pocos minutos, el hombre saludó a todo el auditorio -que no serían más de una docena de personas, incluyendo a Oriana y a Demetrio mismo.- y deseando a todos unas buenas noches, dio por terminada la conferencia. Al instante las personas se levantaron de sus sillas y enfilaron apresuradamente hacia la puerta, como si temieran que el tipo cambiara de opinión y comenzara a disertar nuevamente.

El hombre se sentó en la primera fila, bebiendo té de un vaso que tomó del atril. Parecía más viejo ahora que había terminado la charla. Apagado. Derrumbado en su asiento, no notó la presencia de las personas que se le acercaban hasta que el hombre le habló.

- Buenas noches caballero.- saludó Demetrio escuetamente.

- Buenas noches a ambos.- contestó el hombre levantando la vista hacia la pareja.

La mujer se mostraba algo indecisa, como si en realidad no quisiera estar ahí. El hombre en cambio estaba seguro de sí, y se paraba enfrente de él en una apostura relajada, tranquilo, a la espera de su respuesta. No se sentía incómodo, como al parecer le sucedía a su acompañante.

- Buenas noches.- contestó Oriana tímidamente, asomando detrás de Demetrio.

- Nos han citado a ambos para una charla grupal a cargo del doctor Livingston.-

- Claro, por supuesto; la charla de Livingston.- el hombre los miró extrañado.- ¿Los han citado juntos?-

- No; en mi caso fue el propio doctor quien me facilitó la información.- le indicó Demetrio, haciéndose a un lado para dar lugar a la respuesta de Oriana.

- En el mío ha sido el párroco de San Antonio de Padua, la basílica de aquí cerca.-

- Muy bien. Los acompañaré a la sala de

reuniones. Permítanme presentarme; mi nombre es Miguel, y generalmente me encargo de realizar algunas charlas aquí en el barrio.-

- Oriana es el mío. Conozco al padre Ángelo desde que nací; de hecho él fue quien ofició mi bautismo. Fue él quien me dirigió hacia aquí.-

- El mío es Demetrio, y conocí al doctor Livingston en circunstancias, digamos, algo fuera de lo común. Como un favor hacia mí, me pidió que venga al grupo hoy.-

El hombre se incorporó no sin cierto esfuerzo, y con paso calmo se encaminó en dirección al fondo del local. Al costado de uno de los incensarios que perfumaban el ambiente, detrás de un breve cortinado cuya función era evidentemente disimularla, una puerta de madera los aguardaba. Tenía un aspecto viejo, macizo, de un roble oscurecido por el paso del tiempo. Como detalle interesante, Demetrio notó que la puerta no tenía una manija de ese lado. En cambio, quien los guiaba se limitó a tomar una aldaba de bronce que colgaba sobre la misma, y golpeando pausada, rítmicamente por tres veces, aguardó pacientemente.

No debieron de pasar más que unos pocos segundos, cuando del otro lado un solitario y seco golpe sonó en respuesta. El hombre les hizo un gesto en sentido de que había que aguardar. Pasaron un par de minutos así, en silencio, frente a la puerta. Luego, la puerta hizo un 'clic' y con desesperante lentitud se abrió, dejando ver tras ella la figura de un hombre joven, de una edad semejante a la de los que acompañaban al viejo. El que guardaba la puerta era de una estatura similar a la de Demetrio, aunque mucho más fornido. La mano que apoyada contra el marco de la puerta se veía ruda; eran con toda probabilidad las manos de un trabajador manual. Sin embargo del aspecto algo rudo, el hombre sonrió cordialmente en cuanto terminó de abrir y ver a Miguel frente a él.

- ¡Hola Miguel! Un gusto de verte. ¡Hacía un tiempo que no tenía oportunidad de saludarte! El trabajo me tiene tan ocupado últimamente...- miró insistentemente a los dos acompañantes al tiempo que enarcaba una ceja.

- Han sido citados para la reunión que el doctor Livingston tiene prevista para el día de hoy, Roberto. Sus nombres son Demetrio y Oriana.-

- Muy bien, en ese caso, bienvenidos Demetrio y Oriana. Pasen. Adentro los esperan.-

El hombre se hizo a un lado, y tiró del pomo que la puerta sí tenía del lado interior, abriendo la entrada a Miguel y su comitiva, que avanzaron con paso calmo, guiados por el más viejo de los tres.

El ambiente al que ingresaron era un tanto vagamente oriental. Más inciensos aún que en la otra habitación hacían que la atmósfera se sintiera un tanto espesa, pesada incluso, como si el aire pudiera cortarse con una tijera. La habitación era bastante más pequeña que la anterior, y menos amueblada aún, apenas algún banco en uno de los laterales, unos floreros en las esquinas con plantas totalmente irreconocibles, un biombo de bambú sobre una de las esquinas, y eso era todo. La luz era casi inexistente, lo que completaba el ambiente, haciéndolo más enrarecido aún.

Apenas cruzar el umbral, Miguel les hizo señas para que se quitaran el calzado. Al costado de la puerta, ya había algunos pares de zapatos. Los tres hicieron lo propio y dejaron los suyos donde los demás. Demetrio miró entonces los pies de Roberto y notó que tampoco calzaba nada. No lo había notado frente a la puerta.

En medio de la habitación, una alfombra de aspecto mullido y forma cuadrada cubría la mayor parte del suelo, por lo que apenas dados unos pasos comenzaron a caminar sobre ella. Parecía como caminar en una nube. Oriana se maravilló de la sensación, mirando a Demetrio con una sonrisa señaló el suelo. Parecía una niña al ver un juguete nuevo. Demetrio le sonrió también. Miguel los guió hasta el fondo de la habitación, donde dos hombres murmuraban con gestos serios. Al verlos llegar, ambos sonrieron ampliamente. Se trataba del doctor Livingston y del padre Ángelo.

- ¡Padre! ¡Qué sorpresa! No imaginé que usted asistiera al grupo también.- Saludó Oriana, con gesto de evidente pasmo.

- Claro hija, colaboro con el doctor aquí presente en la ayuda espiritual de los participantes.-

- Así es.- confirmó el doctor.- Yo me encargo de la parte, digamos, más cercana a lo material, y el padre a lo más etéreo.- El sacerdote sonrió ampliamente ante el comentario de su colega.- Bueno, ante todo quiero agradecerles a ambos el haber venido, creo que tanto el padre como yo estaremos más que contentos de poder ayudarles con cualquier duda que surja durante la reunión de hoy.-

- Por supuesto, así es, hijos míos, ante la menor duda no teman en pedirnos cualquier explicación que necesiten.-

- Bueno, antes de comenzar, les voy a contar someramente de qué se trata esta reunión, dado que imagino que el estilo del mobiliario y las disposiciones generales de la habitación deben de haberles llamado la atención.-

Ambos asintieron ante el comentario de Livingston.

- Claro, es lo que suele suceder; no deben sentirse mal por desconfiar o pensar que se han equivocado de lugar, ni ningún otro pensamiento que pueda emanar del choque contra este ambiente que tenemos preparado aquí.- enarcó las cejas.- y no es casual el uso de la palabra 'choque'. Es un verdadero choque el que sienten las personas que por vez primera asisten al grupo. Lo que sucede es que todo, absolutamente todo el armado de la sala es perfectamente intencional; lo que buscamos es una forma armoniosa, tanto estéticamente, en lo material, como espiritual y psicológicamente hablando. Por ello todo el ambiente está construido en base a simetrías; por ello también la luz tenue y el incienso que permiten el relajamiento de la mente. En fin, comúnmente hago esta breve introducción a toda persona que se acerca al grupo por primera vez, como una manera de ayudarles a entender las razones detrás de la llamativa apariencia del lugar.

- Muchas gracias, doctor. Sin embargo, me queda una duda. Puesto que no hay sillas y en cambio se nos pidió que nos quitemos el calzado, y al ver la mullida alfombra que ocupa casi todo el suelo, se me ocurre que la reunión la realizaremos sentados en la misma ¿Es correcto?-

El doctor Livingston asintió.

- Sí Demetrio, así es como realizamos las reuniones, y también tiene una razón de ser. Mayormente.- Demetrio enarcó una ceja ante el 'mayormente'.- Se debe a que hemos comprobado que de esa manera todos en el grupo nos sentimos más cómodos y en mayor intimidad como grupo, lo que permite una mayor distensión al hablar de temas íntimos y redunda en una mayor franqueza en general en la comunicación del grupo.-

- Doctor, sin embargo, usted ha dicho mayormente, lo cual me hace pensar...-

Demetrio se interrumpió al sentir que golpeaban la

puerta de la habitación, por la cual habían entrado apenas unos minutos antes ellos mismos. Miró al doctor. Este le sonrió.

- Más participantes del grupo ¿No iría a creer que éramos solamente nosotros verdad?-

Roberto abrió la puerta de inmediato, asomando la cabeza por la abertura y mirando de quién se trataba. Evidentemente era alguien conocido dado que raudamente se hizo a un lado, dejando paso a varias personas que parsimoniosamente se quitaron sus calzados al costado de la puerta y se acercaron a saludar. Eran tres mujeres y un hombre que se sumaban a ellos cuatro, además de Roberto y Miguel, que conversaban tranquilamente a pocos pasos de la puerta.

Luego de removido el calzado, se acercaron sonrientes a saludar al grupo. El hombre del grupo, un joven de unos treinta y pocos años, fue el primero en acercarse a saludar. Se llamaba Ignacio. Luego vinieron las presentaciones de las damas, que se quedaron un poco atrás, saludando a Roberto y Miguel. Ana, Elsa y Marina eran sus nombres. Esta última era la pareja de Ignacio, cosa que se hizo evidente a los pocos minutos, en la manera de tratar entre ambos.

Marina tendría una edad semejante a la de Ignacio. En cambio las otras dos mujeres tenían más edad; Ana estaría pisando los últimos sesentas, mientras que Elsa unos cuarenta y pico. "Bonita mezcla de generaciones y personalidades". Pensó Demetrio. Su mirada se cruzó con la de Oriana. Ella sonrió tímidamente.

- Que significativa variedad de personas en el grupo ¿Verdad?- comentó ella.

Él sonrió ampliamente. Estaban pensando lo mismo.

El padre Ángelo se disculpó y se alejó en dirección a la salida de la habitación. Mientras los demás continuaban la charla, el padre cerró la puerta de calle del local, dio vuelta un cartelito que decía "Cerrado. Vuelva más tarde", apagó las luces principales del local, dejando apenas una pobre luminaria cerca de la puerta de salida, y luego volvió al cuarto de reuniones.

- Todo listo.- indicó con una sonrisa a Roberto. Este cerró la puerta de la habitación. En tanto, el doctor Livingston, que estaba observando, comenzó a solicitar a los miembros del grupo que se ubicaran en la alfombra, para poder dar comienzo a la reunión.

IV

- Bueno, primeramente buenas noches a todos.-
saludó Livingston.- antes de empezar la reunión, me
gustaría que nos presentemos brevemente, dado que
hoy contamos con dos nuevos participantes en el
grupo.-

Todos se habían sentado en el suelo, sobre la
mullida alfombra, formando un círculo. Livingston y
el padre Ángelo se hallaban sentados uno al lado del
otro, y habían ubicado a Demetrio y Oriana a cada
lado de ellos. Livingston miró a ambos y prosiguió.

- Debo aclarar a los nuevos integrantes que, dado
el carácter relativamente breve que siempre damos a
estas reuniones, por el día de hoy nos limitaremos a
las presentaciones. Primero pediré a los actuales
integrantes del grupo que se presenten brevemente, y
luego, los nuevos participantes del grupo harán lo
propio.-

Se hizo un corto silencio, que todos aprovecharon

para terminar de acomodarse en la mullida alfombra. Se miraron unos instantes, hasta que Livingston señaló a Roberto, sentado a la izquierda de él, luego del padre Ángelo y de Oriana. Con un leve gesto de asentimiento por su parte, Roberto aceptó el mandato del doctor.

- Mi nombre es Roberto, y tengo treinta y cinco años. Mi oficio es el de maestro constructor. Lo considero un privilegio; me refiero al hecho de poder construir edificaciones que en la mayoría de los casos van a sobrevivirme, y cuya función es de las más elementales e importantes de la civilización humana, que es dar cobijo de las inclemencias de la naturaleza al ser humano. Como ya pueden deducir de mis dichos, me apasiona mi oficio, el cual considero un arte, y tomo muy en serio lo que hago.-

El hombre se encendía como una tea al contarle a su atenta audiencia su sentir. Se veía realmente apasionado, con una veta venal de su carácter aflorando notablemente. Las incipientes vetas plateadas a los lados de su cabeza, apenas visibles dado el corto rasurado que aplicaba a su pelo, en conjunto con la recta y prominente nariz, y rematado en un mentón cuadrado, pesado, daban la sensación de estar hablando con un ejemplar viviente de los antiguos constructores, aquellos tipos que edificaban catedrales y edificios de piedra, muchos de los cuales nos han llegado hasta el día de hoy.

- Tengo un carácter a veces un tanto difícil, debido

a que aprendí a no guardarme mis pensamientos ni mis sentimientos, cuando afectan a alguien que tengo al lado. Puedo además aceptar que los demás se porten de la misma manera conmigo, cosa que de todas maneras pocas veces sucede.- sonrió con un dejo de ironía.- Por último puedo decirles que me gusta fumar un cigarrillo de vez en cuando, y que mi forma favorita de mortificación personal es la ingesta totalmente inmoderada de carne asada, acompañada, como no podía ser de otra manera por un buen vino tinto.-

Luego de esto último calló, haciendo un gesto con la mano a Elsa, que se hallaba a su izquierda. La mujer tenía una contextura pequeña, pelo largo y entrecano, ojos marrones claro y nariz recta y pequeña, todo ello enmarcado en un rostro con forma de corazón. Su disposición transmitía paz y tranquilidad, y de ninguna manera dejaba entrever la voz profunda y poderosa, aunque femenina, con que se dirigió al grupo.

- Mi nombre es Elsa. Como actividad laboral, atiendo un puesto de flores. Me gusta mucho el perfume que emanan. Antes de eso fui monja; me ordené en mi adolescencia. Debido a ello, permanecí virgen hasta mis cuarenta y tres años, momento en que, ya luego de tres años de haber dejado los hábitos, tuvo lugar mi primera experiencia sexual.-

Tanto Oriana como especialmente Demetrio se sintieron sumamente incómodos ante tamaña confidencia; sin embargo el resto del grupo permaneció inmutable, como si la mujer estuviera contando una trivialidad ocurrida en el mercado.

- A causa de ese conocimiento tardío del sexo, resultó que para cuando pude hacerlo, mi tiempo de reproducción ya había cesado, cosa que de vez en vez, cuando mi ánimo pasa por su etapa más oscura, es fuente de angustia y remordimiento.-

Oriana descubrió que algunas lágrimas resbalaban involuntariamente por su rostro. La conmovía profundamente la calma y transparencia con que esa mujer le contaba a ella, una perfecta desconocida, los detalles más profundamente íntimos y dolorosos de su vida. Al mirar levemente de costado en dirección a Demetrio, notó que el hombre hacía un esfuerzo sobrehumano por no derramar lágrimas. Los ojos, brillosos, el mentón tenso y endurecido en un rictus de retención, de resistencia a las emociones que le afloraban.

- Por último, aunque lo descubrirán por sus propios medios, dado el aroma característico que despiden, gusto de fumar de vez en cuando unos delgados y aromáticos cigarrillos turcos.-

Elsa apoyó su mano suavemente sobre el brazo de Ignacio, que le devolvió una sonrisa amable y respetuosa, como si se tratara de su madre. Aunque aquella mujer apenas le aventajaba unos años, él sentía como si fuera una madre; una mujer infinitamente bondadosa y llena de experiencias para compartir.

- Bueno, mi nombre es Ignacio, y mi oficio es la abogacía. Me dedico casi exclusivamente a la defensoría pública, donde me toca representar las más de las veces a personas humildes, en condiciones sociales más bien precarias, que al no tener dinero ni conocimiento para contratar un abogado, recurren a la defensoría pública para que los asista.-

Ignacio mediría un metro ochenta y cinco, el pelo marrón oscuro cortado al estilo romano. La cara alargada, y una nariz recta enmarcada por ojos marrones. Una fina barba que iba de oreja a oreja completaba su apariencia, que de alguna manera le hacía semejante a un Juan Bautista Alberdi, o quizás a un Abraham Lincoln.

- De vez en cuando tomo un cliente pago, con el cual hago subsistir mi bufete, de ingresos más bien magros.- hizo un gesto como de circunstancias.- la defensoría pública no paga mucho en metálico, pero sí en satisfacción personal y espiritual.- hizo una pausa.- Como nota final, me gustaría que sepan que, aunque muchas veces he dicho que iba a dejar de fumar, y debido a ello adquirí cierto hábito por los chicles de menta, en realidad nunca he terminado de dejarlo. Cada tanto me fumo un cigarrillo, en mi caso rubios, nada de cigarrillos turcos ni otras yerbas raras que otros compañeros del grupo utilizan.- le hizo un guiño cómplice a Elsa, que sonreía picarescamente.- Bueno y ahora es el turno de mi querida y amada Marina, que de paso les cuento somos pareja desde ya casi un año.-

Y diciendo eso le dio una suave palmada en la pierna. Marina sonrió divertida, aunque un leve tono de rubor indicaba algo de vergüenza respecto de la actitud de Ignacio. Se la veía menuda, de corta estatura, algo apenas encima de un metro cincuenta. De pelo castaño y extremadamente largo, casi debajo de la cintura, y un rostro redondeado y de facciones aniñadas. Parecía una pequeña hada del bosque salida de un cuento para niños.

- Bien, lo relativo a estar en pareja con Ignacio ya lo dijo él, así como mi nombre; de todas maneras, yo haré mi presentación nuevamente.- le dirigió una sonrisa enigmática al joven.- Mi nombre es Marina, y me dedico a dibujar. Desde pequeña me atrajo la pintura y el dibujo, por lo que mis padres me orientaron hacia la escuela de Bellas Artes, donde finalmente me aboqué con apasionamiento al dibujo.- hizo una pausa para tomar coraje.- Tengo un carácter con cierta tendencia depresiva, por lo que a veces caigo en pozos de ánimo negro como la noche. En esos momentos, son estos muy queridos amigos que me rodean aquí mismo, incluido mi amado Ignacio, los que me ayudan a superar la noche, a alcanzar de nuevo la luz.- sonrió.- como nota de color puedo decir que me gustan mucho el té verde y la comida árabe.-

Miguel le apretó cariñosamente la mano en señal de apoyo, mirándola con una sonrisa cariñosa, paternal. Quería a esa muchachita como a una verdadera hija.

- Muy bien, aunque ya me he presentado antes, les recuerdo que mi nombre es Miguel, y que entre otras ocupaciones doy charlas en este centro. Por otro lado, académicamente hablando soy Licenciado en Filosofía, aunque prefiero adherir al postulado socrático de no saber un comino de nada, y no importarme un pimiento reconocerlo.- sonrió ampliamente.- Siguiendo con los comentarios bien sazonados, debo agregar que gusto de tomar té, mucho té, de todas clases de té. Y de vez en cuando me podrán ver despuntando el vicio del tabaco de pipa. Y ahora le toca el turno a la queridísima Ana, aquí al lado mío.-

Acto seguido tomó la mano de la dama que tenía al lado y la besó al estilo caballeresco. Ana rió divertida. Era una señora de unos setenta años, de un porte extraordinariamente señorial. El pelo totalmente blanco y muy largo, recogido en un complejo peinado. Sus ojos, de un verde claro como el agua, enmarcaban una nariz delicada y bien formada, que remataba un rostro redondeado, con forma de corazón.

- Mi nombre es Ana, y mi ocupación, además de estas reuniones con todas estas personas que aprecio tanto, es de modista. Aunque retirada desde hace varios años, aún hago cada tanto algún trabajo especial. Por supuesto, dado que me he podido hacer un buen pasar, los trabajos que hago deben de interesarme particularmente; con esto quiero decir que son más los trabajos que rechazo que los que acepto.-

su voz arrulladora parecía adormecer a sus oyentes.-
De mi carácter puedo decirles que soy una persona en
general tranquila, aunque firme en mis convicciones.
Como rasgo distintivo de mis hábitos, puedo decir que
me gusta el café excesivamente fuerte.-

Luego de esto último le tomó el brazo a Demetrio,
que era quien estaba a su izquierda, en señal de que
esperase, y le dirigió una sonrisa cordial al doctor
Livingston. Este tomó la palabra.

- Muy bien, dado que ya todos los demás
participantes han hecho sus presentaciones, y dado
que todos conocen tanto mi rol como el del padre
Petrucci aquí presente, les pediré ahora a los nuevos
integrantes del grupo que hagan sus presentaciones.-
hizo una breve pausa.- Como habrán notado, en las
presentaciones de los otros miembros ha habido un
nivel de franqueza por momentos difícil de afrontar
para quien no lo acostumbra. Les pido que hagan lo
posible por ser abiertos y sinceros, pero no se sientan
mal si les resulta dificultoso, y por supuesto, cualquier
cosa que los haga sentir mal hacer pública, resérvenla
para otro momento en que estén mejor dispuestos a
dejarla salir.-

Dicho esto último, invitó a Demetrio a hablar. Notó
cierta tensión en su cuello y hombros. Le ponía
nervioso el nivel de exposición de la reunión. Tragó
con cierto esfuerzo.

- Bueno, mi nombre es Demetrio, y mi oficio es el
mismo de mi padre; zapatero. Manejo un local de

zapatos, que solía ser de mi padre. Mi padre...- carraspeó con dificultad.- mi padre murió.- le costaba tragar. Y también hablar. Sentía la garganta como si fuera del diámetro de un sorbete, por el que apenas pasaba el aire.- Falleció hace unos dos meses. Yo estudiaba ingeniería civil, pero debí abandonar mis estudios cuando le diagnosticaron un cáncer de páncreas fulminante. Creo que tampoco quiso luchar mucho. Al poco ya estaba con suero permanente, y falleció menos de tres meses después del diagnóstico.- silenciosas lágrimas corrían por su rostro.- no me lo pidió, pero sentí que debía continuar con ese oficio que había significado tanto para él. Quizás pueda sonar ridículo. ¿Zapatero? Puede preguntarse alguno. En realidad es muy sencillo. Nuestra familia ha sido tradicionalmente de clase trabajadora desde hace un par de siglos. Mi tatarabuelo era zapatero, luego mi bisabuelo. Mi abuelo también, y por último mi padre. Fue siempre ese oficio, por más que humilde, el que nos separó de la calle, el frío y el hambre. Yo conocía muy bien las historias de inmigrante de mi bisabuelo, y cómo tener ese oficio le había facilitado el ingreso al país. Hacía falta gente que supiera hacer algo. Por todo ello, siempre respeté mucho el oficio, y ahora que mi padre pasaba finalmente a aquel lugar de sombras del que no se vuelve, no tuve corazón para tirar al diablo toda mi historia familiar. Así, renuncié a una posible carrera de ingeniero para volver a trabajar con las herramientas de mi padre, algunas de las cuales pertenecieron a mi tatarabuelo. De alguna manera, al manipular esas herramientas, siento el espíritu de mis antepasados a mi lado.-

Calló. Se hizo un silencio de varios segundos. Todos reflexionaban en lo que acababa de decir Demetrio. Valoraban el esfuerzo de sinceridad acometido, aunque no sin cierto melodrama, por parte de aquel hombre.

- Muy bien Demetrio, se hace notar que has hecho el esfuerzo pedido. Lo que nos has contado pertenece a tu intimidad y el respeto que nos merece hace que no vaya a ser mencionado por ninguno de nosotros una vez finalizada la reunión. Muchas gracias, hijo.-

El padre Ángelo le dirigió una mirada cariñosa, sus ojos benevolentes intentaban transmitirle ánimos, dado que el joven parecía aletargado, ahora que había podido extraer de sus entrañas tamañas confidencias. Al cabo el sacerdote tocó la mano de Oriana y le hizo un gesto para que hiciera lo propio.

Al sentir el contacto del sacerdote y comprender lo que significaba ella se envaró. Todos habían mencionado cosas tan íntimas que la asustaba sentirse en el lugar de esas personas. ¿Qué diría? Su timidez era en ese momento una serpiente que, enrollada alrededor de su pecho y garganta, apretaba con furia, dejando apenas espacio al pasaje de un mínimo hilo de aire.

El padre pareció darse cuenta de la situación, dado que sonriendo amablemente, le apoyó la mano en el hombro en un claro gesto de apoyo. El gesto del hombre pareció generar una reacción mercurial, dado que la mujer cambió el gesto de terror por uno más bien resuelto, y comenzó a hablar.

- Mi nombre es Oriana, y actualmente me dedico a la pintura.- su voz sonaba tensa, tirante.- Por fortuna para mí, mis padres tienen un pasar relativamente bueno, por lo que han podido sostenerme a lo largo de mis estudios de Bellas Artes, así como también lo hacen ahora que estoy comenzando a exponer en algunas pequeñas galerías en la ciudad.- tragó con dificultad.- como gustos puedo decir que me agradan los cigarrillos Virginia Slims, el té, en casi cualquier variedad, y que no me agradan las bebidas alcohólicas.-

Su voz sonaba monótona, como si recitara lo escrito en un papel. Todos lo notaban. El doctor Livingston mostraba un gesto vago de impaciencia, mientras que el padre Ángelo la miraba con cariño, como animándola a continuar. Respiró hondo.

- Dado que mi familia es un poco demasiado conservadora, nunca sintieron la necesidad de hablar de sexo conmigo, incluso mi madre se ha mostrado entre agraviada y aterrorizada cuando alguna vez el tema principió aparecer en una conversación. De resultas, por años me he sentido mal conmigo misma al respecto, me he desarrollado de una manera muy tímida, y recién a mis veinte años pude tener mi primer experiencia sexual.- Ahora la miraba de

Livingston era de abierta aprobación.- Claro que con todos los temores del caso y mi comportamiento aniñado, la experiencia resultó un completo fiasco. Pero luego a lo largo de estos últimos años he venido aprendiendo a aceptar mi intimidad con mayor soltura.-

Oriana se sentía aliviada, como si una carga plomiza hubiera sido removida de sus hombros. No podía creer que hubiera dicho eso. Ni siquiera con su psicoterapeuta había sido tan crudamente honesta.

Livingston miró la hora; ya hacía un poco más de media hora que la reunión había comenzado. Suspiró. Había que acelerar las cosas; se estaban quedando sin tiempo.

- Muy bien, Oriana, la felicito por el evidente esfuerzo que ha realizado para contarnos estos sentimientos y vivencias tan íntimos. Teniendo presente su timidez, imagino que esto le debe de haber costado profundamente.- La miró a los ojos.- Le aseguro que le va a ser de extremo provecho manejarse con ese nivel de honestidad.-

Livingston cambió de posición las piernas, que empezaban a hormiguearle debido en parte a la postura en que estaban sentados y en parte a su poco feliz estado atlético.

- Antes de terminar la reunión de hoy, quisiera comentar al grupo el motivo de que estos dos nuevos integrantes se nos hayan unido.-

Miró significativamente al padre Ángelo. Este

carraspeó y continuó desde ahí.

- Bien. En el caso de mi querida Oriana, ella se ha acercado a mi parroquia para contarme de unos hechos que la han tenido trastornada estas últimas semanas. Al parecer, la muchacha ha tenido unos extraños y prolongados deja vu.- hizo una pausa. Todos esperaban que continúe.- Y en el caso de Demetrio, se ha dado algo parecido. Él también ha contado al doctor aquí a mi lado de unos hechos muy similares a los descriptos por Oriana.-

Demetrio y Oriana se miraron asombrados. En ningún momento se les ocurrió preguntar el uno al otro los motivos que los traían a la reunión.

- Como todos ustedes saben, los eventos deja vu tiene eminentemente dos tipos de causa: la primera se origina en una leve diferencia de sincronización entre la visión captada por un ojo y el otro. Como consecuencia de ello, el cerebro almacena la imagen del ojo más veloz, y luego, al llegar la imagen del rezagado, ésta impacta al cerebro nuevamente con la misma información que aquel ya había almacenado en la memoria corta, por lo que la mente recibe la impresión de haber vivido lo mismo dos veces.- ambos jóvenes lo miraban con atención.- Claro que además hay una segunda causa, bastante más oscura que la primera, y que termina siendo la que más nos interesa a todos. Por ella es que hoy hemos pedido a estos dos jóvenes que se reúnan con nosotros aquí, para contarnos estas experiencias que han tenido, y cómo los han afectado.-

Miró a la muchacha a su lado.

- Te pediré querida hija que cuentes nuevamente ante estas amables personas los hechos que te han sucedido recientemente. Entiendo que puede ser difícil, pero espero que gracias a tu gran fuerza de voluntad, con la que hace apenas unos instantes has sido capaz de contarnos esos detalles tan íntimos de tu vida, puedas nuevamente vencer cualquier obstáculo en tu mente y nos expongas los hechos como te han ido sucediendo.-

El sacerdote entonces apoyó su mano sobre la de Oriana, haciéndole a la vez un claro gesto cediéndole la palabra. Oriana suspiró. Otra vez debía contar toda aquella locura. Comenzó por relatar el primer episodio, aquella tarde en que, tomando el té con sus padres, comenzó a prever los diálogos por un lapso que, aunque sentido como interminable, no pudo haber durado más de un minuto o dos. Luego relató los detalles de la última vez que le había pasado, en una reunión de amigas. Aquella vez se había mareado además.

- Discúlpeme, pero me intriga un detalle ¿El mareo apareció antes o después de que comenzara a prever los diálogos de nuevo?- Inquirió Livingston.

Oriana no esperaba esa pregunta. No entendía de qué manera eso podía tener alguna relevancia. Y así se lo expresó al psiquiatra. Este sonrió ante la pregunta de la joven.

- Bueno clínicamente, eso puede hacer una diferencia a la hora de intentar comprender qué es lo que le sucede y por qué.-

- Oh...- Oriana no parecía muy conforme con la respuesta. Suspiró.- Supongo que está bien. Según recuerdo, aunque no estoy muy segura, primero vino el mareo, y luego la previsión de los diálogos.-

Siguió relatando los acontecimientos de ese día. Livingston no volvió a intervenir hasta que ella hubiera terminado su relato. Entonces simplemente le agradeció nuevamente su buena voluntad y sinceridad, el esfuerzo realizado, etcétera. "Este hombre repite todo como un loro". Pensó Oriana ya algo molesta por los reiterados agradecimientos, que de tanta repetición los sentía ya carentes de valor, como meros formulismos.

Le tocó el turno a Demetrio de relatar los sucesos que lo habían puesto en el camino de aquel grupo de personas. También comenzó con los primeros episodios, relatando aquel en que uno de sus clientes había entrado a la zapatería, y él había sido capaz de prever todo el diálogo de un par de minutos con aquel hombre. Se había asustado sobremanera luego de esa experiencia. Al tiempo le había sucedido en un local de comidas de manera similar, aunque un poco más intenso y prolongado. Finalmente, contó el episodio en que caminaba por la calle frente a un bar con mesas a la calle, cuando de repente tuvo la certeza absoluta de que una moto pasaría por el lugar y arrollaría una de las mesas, en la que en ese momento se hallaba sentado un hombre. Lo inverosímil de las circunstancias hacía imposible advertir a aquel hombre de lo que iba a suceder, con al menos algún grado de certeza de ser tomado en serio, por lo que, en un rapto de claridad, comprendió que la única vía posible era teatral. De repente, comenzó a gritar, abalanzándose sobre la mesa de aquel hombre y tirando las cosas que había sobre ella al suelo. Servilletas, salero y sobres de azúcar desparramados a los pies del espantado hombre. El dueño del bar llamó a la policía, y lo retuvieron hasta que la ambulancia llegó allí y se lo cargó en dirección al hospital, para conocer al doctor Livingston.

Terminado su relato, todos permanecieron en silencio unos momentos incómodos. Elsa miraba insistentemente a Livingston, que sonreía misteriosamente, como si de un chiste privado se tratara. Los demás parecían conmocionados por el relato de Demetrio. Incluido el padre Ángelo, que lo miraba fijamente.

- Así que... ¿Pudo prever que una moto arrasaría la mesa?- Demetrio hizo un gesto afirmativo a la pregunta del sacerdote.- Perdone usted si mi insistencia sobre ese punto le resulta molesta pero ¿Tiene usted alguna idea de qué sucedió luego en el bar? ¿Pudo averiguar si el hombre de la mesa que usted atacó finalmente sufrió algún contratiempo?-

Demetrio miró al sacerdote sin comprender del todo

lo que intentaba establecer.

- Pero padre, todo esto es un hipotético caso que existe en mi mente ¿No irá usted a creer que eso realmente iba a suceder, verdad?-

- ¡Ay hijo! ¡El señor actúa de maneras tan misteriosas! Si tú supieras...-

Livingston intervino de manera cortante, interrumpiendo al padre Ángelo antes de que pudiera terminar la frase.

- Demetrio, esto es mucho más serio y va mucho más allá de lo que usted pueda imaginar.- lo miró a los ojos.- Cuando usted salió de mi consultorio, me tomé el trabajo de indagar. Llamé al bar donde ocurrió lo que usted acaba de relatar. Hubo un accidente de moto minutos luego de haber sido usted trasladado al hospital. La moto impactó donde estaba la mesa con el hombre que usted ahuyentó.- Demetrio lo miraba con gesto alucinado.- El hombre había sido invitado, luego del desagradable momento vivido, a ingresar dentro del local para ser atendido. No sufrió daño alguno. Incluso me tomé la molestia de averiguar la identidad de ese caballero. Le puedo decir con toda certeza que al día de hoy se encuentra en perfecto estado de salud.- Le apretó el hombro con la mano, en un claro gesto de aprobación y apoyo.- Mi querido amigo, lo que le intento decir, es que lo que le ha sucedido no solamente es real; además, ya ha producido un maravilloso fruto. Un hombre vive hoy gracias a lo que usted ha hecho. Ha salvado una vida humana, Demetrio.-

El muchacho se largó sin más a llorar, conmocionado ante semejantes noticias, en tanto que Livingston lo abrazó con fuerza.

V

Oriana no terminaba aún de comprender lo que estaba sucediendo. Demetrio seguía en estrecho abrazo con el doctor Livingston. Aún sollozaba, aunque ya algo más apocado. Al poco se separó del abrazo de Livingston, un tanto avergonzado. Le hizo un gesto de agradecimiento y se lo quedó mirando con aspecto alucinado.

- ¿Qué quiere decir con que es verdad? No puede ser, no tiene sentido...-

- Padre ¿Usted también apoya los dichos del doctor?-

Inquirió con tono perentorio Oriana. El padre Ángelo Petrucci suspiró profundamente. Estaba evidentemente disgustado con la situación que le tocaba enfrentar. Miró al doctor Livingston con una vaga expresión de reproche. El otro le sostuvo la mirada, sin ningún signo de ofensa, pero firmemente.

- Mira hija, la cosa es un poco más complicada de lo que supondrías...- comenzó el sacerdote.- Pero vamos a hacer una cosa, así podremos más tranquilamente conversar y borrar de sus mentes esa impresión de locura que han recibido.- miró nuevamente en dirección a Livingston.- Aníbal, me parece que lo mejor será que finalicemos la reunión ahora y luego tengamos unas palabras con Oriana y Demetrio.-

- De acuerdo, me parece bien.- Aprobó Livingston.- Muy bien, damos entonces por terminada la reunión, por lo que todos pueden retirarse en paz. Únicamente les pedimos a Oriana y Demetrio que se demoren unos instantes para poder tener unas palabras más.-

El resto del grupo comenzó a levantarse de la mullida alfombra. Los más jóvenes simplemente se pusieron de pie, y saludaron a todo el círculo de personas en la alfombra antes de retirarse en dirección a la puerta. Los no tan jóvenes, estiraron sus piernas más pausadamente, se levantaron sin prisa, y se pusieron a conversar entre ellos mientras caminaban hacia la puerta, luego de haber saludado tanto a Livingston y Petrucci como a Demetrio y Oriana, que aún se quedaban sobre la alfombra.

Roberto comenzó a apagar las velas y los incensarios que creaban el ambiente donde se había realizado la reunión. A una seña de él, Ignacio se sumó a colaborar en la tarea. En cuestión de unos pocos minutos, todo había sido apagado, velas e inciensos, y una lámpara eléctrica había sido encendida, terminando de disolver el ambiente apacible que se había mantenido durante la charla.

El padre Ángelo hizo señas a Roberto e Ignacio, una vez estos terminaron de limpiar la habitación. El primero asintió en silencio y haciendo señas a su vez a los demás, que charlaban entre sí, comenzó a llevarlos hacia la puerta, en dirección al local por donde habían entrado. Todos salieron ordenadamente, y en unos pocos segundos la sala estaba despejada, a excepción de ellos cuatro. La puerta se cerró.

- Bueno, hija, y por supuesto Demetrio, entiendo que estarán algo intrigados con lo que hemos hablado recién.- el sacerdote los miró alternativamente a los ojos.- Puede que ustedes crean que lo que les ha dicho el doctor es un disparate, pero...-

- No solamente un disparate, sino que además él mismo me ha tratado de loco hoy más temprano, casi colocándome un chaleco de fuerza hasta que finalmente optó por dejarme abandonar el hospital so pena de que viniera hoy aquí.- Lanzó Demetrio visiblemente irritado.

- Demetrio, hombre, no hay otra cosa que pudiera haber hecho en esas circunstancias...- se detuvo recapitulando.- pero no es el momento de hablar de ello. Dejaré que el padre Ángelo les explique.-

- Bien, como les decía, existe una manera muy sencilla de que comprendan de lo que estamos hablando.- Señaló hacia uno de los bancos en las paredes laterales del cuarto, donde una jarra con agua y algunos vasos descansaban.- Disponemos de un compuesto desarrollado para poder facilitar la activación de esas situaciones que ustedes han vivido.

En tanto decía eso, el doctor sacó del bolsillo de su saco una cajita de madera pequeña, del interior de la cual extrajo dos pastillitas diminutas, oscuras y algo brillosas. Casi parecían dos semillas de lino.

- Esas pastillas que el doctor les ofrece, pueden volver a activar ahora mismo los efectos que ustedes han experimentado en esas ocasiones que han descripto hoy en la reunión. Incluso puede que la reacción sea un poco más poderosa. Pero no teman, la idea de este ofrecimiento es que puedan confiar en que lo que les ha sucedido no es ninguna enfermedad, que es real, que puede volver a activarse a voluntad, y que no les puede provocar ningún daño.- Miró a ambos jóvenes.- Nosotros dos nos quedaremos aquí para poder asistirlos en caso de que se sientan mareados o con cualquier necesidad de asistencia, pero desde ya les aseguro que la prueba que les ofrecemos no entraña ningún peligro.-

- ¿Aceptan ustedes realizar la prueba?-

Preguntó el doctor, con la palma abierta hacia arriba, ofreciendo las pastillas. Tanto Oriana como Demetrio miraban algo aprensivamente a ambos hombres. El discurso de ambos, quitado del contexto y el espíritu del momento, sonaba demencial para Demetrio. Pero había un algo convincente en aquellos dos hombres, un algo que no llegaba a comprender del todo, que lo impulsaba a confiar...

Silenciosamente, adustamente, temerosamente, estiró su mano en dirección a la pastilla. Inmediatamente, el sacerdote se arrimó a la jarra y los vasos, volviendo con uno lleno de agua, que ofreció a Demetrio.

Oriana lo observaba, aún insegura. Demetrio no se lo pensó demasiado, y se tragó la pastilla acompañada de todo el vaso de agua. Luego miró a Oriana, que lo miraba como esperando que algo sucediera. Nada.

La joven se encogió de hombros, y tomó su pastilla, luego de lo cual recibió del sacerdote el consabido vaso. Tragó todo sin respirar, por temor a arrepentirse. Luego miró a Demetrio. Los dos esperaban que algo pasara. Pero nada.

- Bueno, vamos a darles unos minutos para que las pastillas hagan su efecto. Les advierto que éste es un poco incierto en cuanto al tiempo en que aparece, aunque lo habitual es que sea bastante rápido, en términos de unos pocos minutos.- Les indicó Livingston.

Acto seguido ambos hombres se alejaron unos pasos, hasta uno de los bancos, donde se pusieron a conversar acerca de trivialidades. Tanto Demetrio como Oriana seguían parados en medio de la sala, expectantes. Al cabo de unos minutos, aún nada había sucedido. Demetrio comenzó a sentir en su interior cierta desilusión. En el fondo había esperado que fuera verdad. Pero evidentemente habían caído en manos de unos lunáticos. Oriana parecía expresar la misma desolación en su rostro.

De repente, un mareo intenso atacó a Oriana, que se tambaleó. Demetrio la atrapó entre sus brazos para evitar que cayera. Y entonces sucedió. Fue como si una especie de telepatía se generara entre los dos. No dijeron una sola palabra audible, pero Demetrio sabía que ella iba a agradecerle, y ella sabía que él le diría que no había problema, y luego él le diría que él no sentía los mareos como ella, y ella diría que ella tampoco podía prever con tanta precisión como él las cosas que podían pasar alrededor. Y luego varias cosas más que se dijeron en el lapso de unos pocos segundos, que parecieron eternos.

Luego Demetrio se enderezó, ayudando a Oriana a hacer lo propio. No habían emitido palabra, pero ambos sabían todo el diálogo que había acaecido entre los dos.

Los dos hombres parecieron notar que algo había sucedido, porque inmediatamente interrumpieron su charla y se acercaron a la pareja, expectantes.

- ¿Y? ¿Cómo les ha ido?- Dijo Demetrio.

- ¿Han tenido finalmente una experiencia como las anteriores?- Le tocó el turno a Oriana.

- Espero no nos guarden rencor por haberlos hecho pasar por esto.- lanzó Demetrio.

- Ni tampoco a mí Demetrio, por haberlo tratado de esa manera en el hospital.- puntualizó Oriana.

Ambos hombres lanzaron fuertes y alegres risas, y

abrazaron a aquellas dos personas por cuyo intermedio estaban oyéndose a sí mismos. Los dos jóvenes también estaban alegres, como contagiados por los dos más viejos. Todos reían. Los jóvenes porque no estaban locos. Y los viejos por sus propios motivos.

Al cabo de unos instantes, cuando la euforia pasó y pudieron volver a mirarse a los rostros con calma y seriedad, el padre Ángelo miró a los dos severamente.

- Deben saber qué es lo que sucede, no considero que debamos ocultarlo por más tiempo.- miró a Livingston, que aprobó con la cabeza.- Desde el inicio de los tiempos hemos estado aquí, pero no somos como los demás. No podemos serlo. Vivimos vidas secretas, simulando algo que en verdad no somos, mezclados en la multitud. Nadie sabe que existimos, y así debe permanecer.- miró a los jóvenes adustamente.- Por eso Livingston se vio obligado a tratarte como te trató, y a traerte aquí de manera simulada. Por eso mismo yo tampoco pude decirte en la parroquia lo que ahora te estoy revelando, mi querida hija.-

- ¿Pero qué es lo que somos?- Preguntaron los dos a la vez.

- Esa es la pregunta adecuada, pero les voy a pedir un poco más de paciencia, dado que antes de continuar les haremos unas pocas pruebas más. No porque dudemos de sus capacidades, cosa que a esta altura ya ha quedado fuera de discusión, si no precisamente para conseguir que ustedes mismos no duden de ellas.- explicó Petrucci.

Acto seguido, Livingston los invitó a sentarse en uno de los bancos contra la pared. Extrajo una moneda de su bolsillo y sonriendo, les explicó las circunstancias de la prueba que iban a realizar.

- Consiste en la más elemental de las pruebas de azar. Yo voy a arrojar una moneda al aire diez veces, y primero uno, luego el otro, me dirán qué cara será la que quede hacia arriba. Deben contestar lo más inconscientemente posible; me refiero a que no deben pensarse demasiado la respuesta. En esto la pastilla que han ingerido también ayudará, dado que los efectos se prolongan por al menos un par de horas.-

Comenzó la prueba con Demetrio. A cada lanzada, Demetrio decía en voz alta "cara" o "cruz" según se le ocurría espontáneamente. Todo se hizo lo más rápido posible, para no dar espacio a que el muchacho cavilara demasiado. El resultado fue sorprendente: todos aciertos, los diez intentos. Luego hizo lo mismo con Oriana, con idéntico resultado. Ambos jóvenes no salían de su asombro.

- Creo innecesario precisar demasiado las virtualmente inexistentes probabilidades de que algo como lo que acaba de suceder pase por azar.- Ambos asintieron.- Pero no es momento de perder el tiempo; aprovechemos la buena predisposición que ahora tienen para estas pruebas. Pasemos a la siguiente.-

Inmediatamente guardó la moneda y sacó un dado

de seis caras, que mostró a los muchachos. Sonrió con cierta malicia.

- Vamos a complicar un poco más la prueba, ahora con seis posibles resultados. Nuevamente lanzaré diez veces el dado, y cada uno de ustedes me dirá el resultado.-

Con los dados el resultado fue nuevamente de completo éxito, ambos jóvenes atinando al cien por ciento de las lanzadas. Se miraron ya un poco asustados. Ahora el doctor les pidió que se paren y con un poco de esfuerzo retiró la tapa del banco, dejando al descubierto un compartimento donde descansaba una ruleta. Esta vez rió con fuerza ante el aspecto de los dos al ver el objeto dentro del banco.

- Como se pueden dar cuenta, primero fueron dos opciones, luego seis, y ahora con la ruleta pasamos a otro nivel completamente distinto, con treinta y siete posibles resultados. Pero bueno, pasemos a la prueba.-

La ruleta comenzó a moverse, y velozmente ejecutada por el doctor, terminó nuevamente con un rotundo éxito como resultado. Ambos jóvenes se miraron estupefactos. No podían terminar de comprender lo que sucedía.

- Imagino su sorpresa. También imagino lo que la visión de la ruleta y sus resultados puede inspirar respecto de los efectos económicos de esta habilidad que están descubriendo.- hizo una pausa y esbozó una sonrisa condescendiente.- Por supuesto que con esta habilidad nunca pasarán necesidades económicas. No hay ningún impedimento en que, si alguna vez están necesitados de dinero, acudan a alguna casa de juego y se hagan de una suma discreta de dinero. Claro que siempre deberán ser estrictamente discretos, para no llamar sobre ustedes una indeseable atención.-

- Pero en ningún caso pierdan de vista la necesidad de pasar desapercibidos.- les recordó el sacerdote.- Esta habilidad nuestra no es algo nuevo en el mundo de los hombres, y si se ha podido mantener el secreto, ha sido debido a la estricta observancia de nuestras reglas...-

- Sí, claro, sería de muy alta utilidad el poder conocer un poco acerca de quiénes somos, de dónde venimos, y adónde vamos, queridísimo padre, y doctor; si ambos tuvieran la amabilidad de contarnos acerca de ello...- Los amonestó Oriana.

- Claro querida, es precisamente eso lo que vamos a acometer ahora.- suspiró.- No es una tarea ni sencilla, ni breve, así que les pediré a ambos que sean pacientes, dado que esto va a llevarnos una buena cantidad de tiempo.-

Ambos asintieron en señal de aprobación. El sacerdote señaló entonces otro de los bancos en la pared, y los cuatro se sentaron, ambos jóvenes llenos de expectación.

VI

- Muy bien, primero lo primero.- Bromeó el sacerdote.- ¿Cómo llamamos a esta habilidad nuestra, a este don, más espiritualmente hablando, con que hemos sido dotados? Coloquialmente nos llamamos entre nosotros videntes, en el más íntimo y verdadero sentido de la palabra, puesto que nosotros no intentamos adivinar nada, sino que verdaderamente nos es dado "ver" lo que está por venir.-

- En esto me gustaría hacer un breve agregado, podríamos decir, técnico, Ángelo.- Intervino Livingston.- Así es como nos llamamos coloquialmente. Sin embargo, existen formas específicas con que nos denominamos y denominamos a los seres humanos que nos rodean. Debido a que suponemos que el don se halla presente en todos y cada uno de los seres humanos, llamamos "potenciales" a todos aquellos seres humanos que no hayan aún manifestado el don, mientras que entre nosotros nos llamamos "portadores".-

- Gracias por el aporte, Aníbal. Muy bien, ahora ya saben cómo nos hacemos llamar. Ahora pasemos a las preguntas tan angustiosamente perentorias que me dirigió hace unos momentos mi querida Oriana.- El sacerdote sonrió.- ¿Quiénes somos? ¿De dónde venimos? ¿A dónde vamos? Hija mía, únicamente intentaré darte un panorama lo más honesto posible de lo que conozco de esas preguntas. Como imaginarás, nadie puede estar en real posesión de las respuestas a esas preguntas, no al menos en su forma absoluta. Ahora bien, respecto de nuestra existencia como videntes, te puedo decir que tradicionalmente se cree que los portadores existimos desde que el hombre se ha hecho hombre; es decir, desde el momento, cuando fuera que haya sido, en que el hombre miró hacia el cielo y tomó consciencia de la maravilla de la creación y de su destino, y comenzó a preguntarse estas mismas preguntas que tú, querida, me has formulado hoy. O sea que estrictamente hablando, nadie sabe desde qué momento hemos existido como portadores de este don, pero asumimos nuestra existencia desde tiempo inmemorial.-

El padre Petrucci hizo una pausa. Sentía la garganta reseca de tanto hablar. "Los años, son los años; hace diez años atrás yo solo me encargaba de iniciar a media docena de tipos de una única vez, ahora...". Suspiró. Le hizo señas a Livingston de que continuara, mientras él se sirvió de la jarra un poco de agua para ayudar a descansar la garganta.

- Respecto de por qué les ha sucedido esto ahora, nadie puede saber a ciencia cierta la respuesta. En nuestra experiencia, es común que el don se despierte como consecuencia de una intensa crisis emotiva. Por ello, algunos potenciales activan su don al perder algún ser muy querido, otros al protagonizar una experiencia cercana a la muerte, o de hecho morir por unos instantes y luego resucitar, mientras que a otros les basta un intenso y cruento desengaño sentimental.-

Miró a Demetrio.

- En tu caso, muchacho, es evidente que la muerte de tu padre, sumada a tu cambio de orientación en la vida, en lo relativo a dejar tu carrera como ingeniero civil para retomar un antiguo y tradicional oficio familiar, deben de haber disparado en tu interior la chispa del don.-

Ahora posó sus ojos amablemente sobre Oriana.

- En tu caso querida, no he tenido oportunidad aún de tratarte en profundidad, pero en base a lo que he visto y oído de ti hoy y a lo que el amable padre Petrucci me ha contado de ti, me atrevería a decirte que es tu profunda insatisfacción con el tipo de vida que llevas el que ha generado una angustia insaciable en tu ser, la cual finalmente ha hecho despertar este don nuestro.-

Livingston vio que el sacerdote ya había terminado su vaso de agua, y que le sonreía afablemente, esperando el turno, por lo que, sonriendo él también, le cedió nuevamente el lugar.

- Bien, como comprenderán, este don es de inmenso poder y amenaza para los que rodean al vidente, y por eso desde tiempos inmemoriales, nos hemos debido camuflar en el anonimato para prevenirnos de la potencial amenaza de muerte con que nuestros congéneres potenciales podrían premiarnos. Desde la noche de los tiempos, los videntes hemos portado esta llama que ilumina nuestro camino, y que nos permite, sobre todo, por más que comprender los designios de las acciones de los hombres, permite conocer nuestro propio destino, lo que se da en llamar nuestra misión personal. Por qué estamos aquí, cuál es nuestra misión en la tierra, eso es lo primero que debemos cumplir en el mundo una vez el don se nos revela.-

- ¿Nuestra misión personal?- Inquirió Demetrio.

- Sí hijo; todos los seres humanos tenemos la capacidad de hallarla, pero como videntes vamos más allá, y decimos que es nuestra primer obligación, dada nuestra mayor capacidad de prever, el poder encontrar aquello para lo que hemos venido.-

Miró a ambos con benevolencia.

- Por ejemplo, tú Demetrio, es muy posible que tengas grandes aptitudes para hacer muchas cosas a lo largo de la vida, y es muy posible que incluso muchas de ellas termines por hacerlas. Sin embargo, hay algo, hay un motivo en especial, que hace que tu vida tenga sentido, que te sientas como si estuvieras exactamente en tu lugar en el universo. Imagina que el universo es una construcción, un edificio, y tú, eres un bloque de piedra. Lo que debes hacer es encontrar el hueco de ese edificio que tu ser debe llenar.-

- ¿Y cómo puedo darme cuenta de cuál es ese hueco?-

- No hay forma de explicar eso, hijo mío. Lo único que puedo decirte, es que te darás cuenta por ti mismo. Sentirás esa fuerte pertenencia respecto de ello, y sentirás que todo cobra especial sentido.- Suspiró.- Bien, les contaré un poco más de nuestra historia.-

En tanto decía eso tomó nuevamente la jarra de agua, que ya comenzaba a escasear, y se sirvió un nuevo vaso.

- Trataré de ser sintético, en honor a la brevedad y a mi garganta.- Todos rieron.- Allá por la noche de los tiempos, en el principio, los videntes se ocuparon de transitar las vías filosofales en pos de las respuestas a la pregunta elemental y agónicamente humana de ¿Por qué recibí este inmenso, poderoso, y terrible don? Dado el origen claramente extra-racional del mismo, y debido a que no hay ninguna forma de justificarlo, decidieron que era extra-humano, es decir, divino, y que por ello, la mejor manera de honrar los designios de aquel que los dotó del mismo era primeramente cumplir su misión personal, y a la vez ayudar a todos los demás seres humanos a cumplir con sus propias misiones en el mundo.-

- O sea que la regla de la misión personal viene de hace larga data.- Comentó Oriana.

- Su origen se pierde en el albor de la humanidad, hija.- Asintió el sacerdote.- Se elaboraron algunas reglas, para hacer mejores y más unificados nuestros esfuerzos, y para preservarnos de los potenciales, que en la antigüedad eran tremendamente sanguinarios con nosotros. Pero hubo un grupo de videntes que renegaron de nuestra misión, rebelándose de esta manera contra sus hermanos en el don, y a la vez contra la fuerza extrahumana que los hizo como eran. Estos, manifestando que las motivaciones por las que el don era obtenido eran incomprensibles e insondables, decidieron utilizarlo para su propio beneficio. Así, se dedicaron con ahínco a la conquista del mundo, encumbrándose en altas posiciones de poder a lo largo y ancho del globo, valiéndose para ello del don.-

Ambos jóvenes guardaban recogido silencio, ante el panorama conspirativo global que lo que el sacerdote les contaba implicaba.

- El resto de la sociedad secreta, la hermandad, luchó contra los designios de sus hermanos oponentes, pugnando por impedirles guiar el mundo sólo para su propio provecho. Y así, llegamos a la época actual, en que claramente, el mundo está perdiendo la batalla contra los videntes negros, que habiendo conquistado los gobiernos y corporaciones más poderosos del mundo, lo están manteniendo en un estado de lamentable ignorancia.-

Se hizo un silencio tenso. Demetrio había puesto una cara larga, de susto. No estaba tan seguro de querer saber todo eso. Parecía todo bastante peligroso. El sólo era un zapatero, no tenía ninguna idea del nivel de las cosas que mencionara el sacerdote; conspiraciones, grupos siniestros de personajes poderosos con afán de gobernar el mundo... era demencial. Por un momento sintió la tentación de salir de allí corriendo. Finalmente, luego de unos segundos que parecieron siglos, consiguió serenarse lo suficiente como para hablar. Pero Livingston no lo dejó continuar.

- Claro que podrías haber salido corriendo, pero es una fortuna para todos que hayas optado por quedarte; hasta hace unos segundos pude percibir ese camino por delante, pero luego cambió abruptamente, y decidiste quedarte y preguntarnos cómo puede un zapatero unirse a los videntes y colaborar en el embellecimiento del mundo, y en la lucha contra los renegados. Y la verdad Demetrio, me alegro profundamente de que hayas podido vencer la tentación. Todos la sentimos cuando nos tocó pasar por ese lugar, y es muy triste cuando vemos a algún ser humano que no la puede vencer, y sucumbe finalmente al terror.-

Se levantó de su ubicación en el banco y parándose al lado del joven, le puso una mano en el hombro, en un claro gesto de apoyo.

- No es fácil afrontar estos temores, pero te repito; me alegro que hayas vencido el temor. Ahora, podemos ocuparnos de los detalles formales de lo que ha pasado hoy aquí.-

- ¿Qué detalles son esos?- Preguntó Oriana.

- Bueno, muchachos, ahora que saben quiénes son y de donde vienen, hay que responder la tercera pregunta, que era a dónde vamos. Muy bien, pero poder responder esa última no es algo tan sencillo.-

- Hijos, van a ser iniciados a la Orden de los Antiguos Portadores de la Visión, es ella la que nos une a todos los videntes a lo largo y ancho de la faz de la tierra.-

El doctor Livingston se levantó parsimoniosamente, se arregló el saco, y se encaminó a la puerta que comunicaba con el local. Al llegar frente a ella, dio tres golpes pausados y rítmicos sobre la misma. Al cabo de pocos segundos, del otro lado le contestaron con un seco golpe, y la puerta se abrió, dando paso a Roberto, que traía un pequeño bulto negro en la mano.

Al pararse al lado de los dos, estiró el bulto y ambos notaron con cierta aprensión que se trataba de dos largos trozos de tela negra. Roberto comenzó a explicarles lo que iba a suceder.

- Van a ser ustedes admitidos a la Orden de los Portadores. Para ello, es necesario que ambos participen del ritual que se realizará a los efectos de iniciarles en tan augusta institución.-

De repente Roberto sonaba pomposo y rígido, pensó Oriana. El hombre les pidió que se pusieran de pie y miraran en dirección a la pared. En esa posición procedió a colocarles las vendas, y una vez se aseguró de que estaban bien colocadas, y de que ambos estaban completamente privados de visión, les dirigió hacia una esquina de la habitación, donde hábilmente disimulado detrás de un biombo de bambú, había un panel de la pared distinto a los demás. Este panel tenía una aldaba de madera.

Tirando levemente de la aldaba fijada en la pared, el panel comenzó a desplazarse hacia dentro. Una vez obtenida una abertura lo suficientemente espaciosa como para poder salir, orientó a sus dos acompañantes para que lo siguieran a través de la improvisada salida. Luego cerró a sus espaldas con fuerza, para que el estrépito les deje saber a ambos que una puerta se había cerrado.

El lugar donde se hallaban olía un poco a musgo, a humedad, como si hubiera plantas en algún lugar cercano a donde ellos se hallaban. Se sentía el aire más fresco también, y un poco de brisa, por lo que posiblemente se tratara de algún lugar abierto. Las vendas que velaban sus ojos impedían sacar más conclusiones.

- Muy bien, les voy a pedir a ambos que me den o me indiquen todos aquellos objetos metálicos que pudieran tener encima en este momento. Eso incluye monedas así como aros, hebilla del cinturón, etc.- Se escuchó un sonido a papel.- Voy a poner los objetos que ustedes me faciliten en unas bolsas de papel, donde esperarán por ustedes hasta que termine la ceremonia.- Hizo una breve pausa, para luego remarcar.- Es muy importante que no olviden ningún elemento metálico, por lo que les ruego no omitan absolutamente nada.-

Ambos comenzaron a vaciar sus bolsillos de monedas, luego a quitarse aros, anillos, pulseras, los cinturones, y todo aquello metálico que tuvieran encima.

- Mis zapatos tienen hebillas de metal ¿Debo quitármelos?- Preguntó Demetrio.

- Todo. Por favor.- Indicó Roberto, lacónico.

Una vez Demetrio se hubiera quitado el calzado, los dirigió de forma tal que quedaron mirando una pared, en medio del pasillo que comunicaba las distintas habitaciones, el mismo desde el que Livingston y el sacerdote los observaban más temprano.

Les pidió a ambos que esperaran donde estaban, y se alejó con paso calmo. Al cabo se escuchó el ruido leve de una puerta al cerrarse. Habían quedado solos allí, a la espera de no sabían bien qué.

VII

Unos minutos más tarde, que parecieron horas a los dos jóvenes que esperaban en el pasillo, volvieron a buscarlos. Esta vez era más de uno el que los acompañaba, ya que cada uno era guiado por una persona distinta.

Nadie les habló, por lo que no sabían si era Roberto y alguno más de los que habían estado en la reunión, o eran personas desconocidas. Sin embargo, los guiaban con extremada suavidad y cuidado, por lo que se sentían en cierta medida confiados en aquellos que los conducían.

Los llevaron por varios lugares, o al menos eso supusieron ellos; privados como estaban de la vista, no notaron que les hicieron pasar varias veces por el mismo lugar. El viaje duró unos cuantos minutos, de manera que al finalizar éste, no tenían la menor idea de donde podrían estar.

Se sobresaltaron al oír nuevamente tres golpes pausados, rítmicos, con que uno de sus conductores golpeaba a una puerta. Del otro lado contestaron al instante con un seco, perentorio golpe. Se hizo el silencio por varios largos segundos. Luego una puerta se abrió; no hizo ningún ruido, pero un cambio de aire se notó en frente de los dos jóvenes, indicando el nuevo rumbo a tomar.

Sus conductores los hicieron entrar, y siempre guiándolos con suavidad, les hicieron tomar asiento en unas banquetas preparadas al efecto apenas unos pasos dentro de la sala.

- Habéis venido a nosotros con un ansia de comprender; con el deseo de saber vuestra verdadera naturaleza y la naturaleza de vuestra misión en este mundo ¿Es esto correcto?- Tronó una voz masculina grave, severa. Ambos contestaron afirmativamente.

- Muy bien. Vais a ser iniciados en la augusta orden de los portadores de la visión, que propaga sus luces desde tiempo inmemorial.- Hizo una breve pausa, para dejar que aquellos dos fueran digiriendo sus palabras.- Para ello se exige un solemne juramento, al cual deberéis suscribir si realmente deseáis ser aceptados en la orden.- La voz guardó silencio nuevamente por unos segundos.- Antes de develaros el juramento, otro hermano aquí presente os hará conocer los reglamentos de la orden, de manera tal que conozcáis los mismos antes de veros obligados a soportar las cargas del juramento. Hermana...-

La voz invitó a otro a hablar. En este caso se trataba de una dulce voz de mujer, sin embargo de alguna manera la dulzura de su voz se oía un tanto opacada por un aire de gravedad y solemnidad.

- Muy bien, les haré conocer la regla de la orden, que reza de la siguiente manera.- Hizo una breve pausa y luego comenzó a leer parsimoniosa, casi histriónicamente.-

"Regla de la Orden de los Antiguos Portadores de la Visión.

1. Todo ser humano tiene el potencial para portar el don, aunque luego solamente unos pocos consigan realizarlo. Por ello, se denomina con el nombre "potenciales" a todos los legos al don, y "portadores" a aquellos que lo han activado, pasando de la latencia a la realización.

2. Los portadores plenamente desarrollados se reconocen entre sí mediante un mecanismo infalible, que consiste en un uso avanzado de las capacidades que el don proporciona. El mecanismo no requiere de secreto alguno dado que únicamente un portador puede realizar con éxito el reconocimiento. Este consiste en tomarse dos portadores de ambas manos, entrecruzando los dedos con el otro, y luego uno de los dos deberá tomar la iniciativa y determinar una cifra numérica para utilizar como clave para el reconocimiento. A continuación, le dirá al oído al otro el primer dígito de la cifra, y el otro deberá poder identificar el siguiente. Luego el que inició la cifra

dará el tercer dígito, y su interlocutor dará el cuarto, y así hasta terminar la cifra completa. Este mecanismo genera una corriente única entre ambos participantes, plenamente identificable y reconocible por ambas partes. Es recomendable evitar cifras breves y reiterativas para evitar que "potenciales" malintencionados intenten hacerse pasar por portadores.

3. Dado el inmenso potencial para el bien y para el progreso de que el don provee a todos sus portadores, el primer deber de todo portador es siempre perfeccionar su comprensión del don, para lo cual deberá en todo momento mostrar la mejor disposición para ayudar a otros portadores a hacer lo propio, así como para exigir de sus más allegados portadores más avanzados la necesaria ayuda para el propio progreso. Si comprende adecuadamente la verdadera naturaleza del don, notará que lo primero que deberá hacer para poder progresar en sus estudios es conocerse a sí mismo y conocer su lugar en este mundo.

4. La segunda obligación de todo portador es ayudar a todo otro portador que lo necesitare, siempre en la medida de sus propias posibilidades y siempre que por ello no perjudique a ningún otro ser humano.

5. Para poder cumplir con todas las obligaciones enumeradas, los portadores se comprometen a reconocerse entre sí, y a reunirse regularmente entre sus conocidos para juntos perfeccionarse. Para ello se pueden organizar en grupos por regiones geográficas

y/o por intereses particulares, siempre que en cada región no haya más de un grupo con el mismo objetivo al mismo tiempo. A estos grupos se da en llamarlos círculos, debido al tipo de sinergia que se genera en los mismos.

6. Para mejor organizar los trabajos de perfeccionamiento, se designará anualmente a un portador por cada grupo para que dirija los trabajos del mismo. El mismo se denomina circulante, dado que es el responsable del éxito de la sinergia del círculo que le ha sido encomendado. Asimismo, se podrá designar por votación anual a un circulante o ex circulante como representante de un conjunto de círculos, para con ello poder organizar reuniones altamente representativas, tanto de una gran cantidad como de un gran área geográfica de portadores.

7. Todos los puntos previos son inalterables y deben ser siempre respetados por todos los portadores, so pena de dejar de ser reconocidos por sus hermanos en el don como tales, y no poder ejercitar más el don de manera progresiva en ningún círculo."-

Una vez finalizada la lectura de la regla, se hizo un largo silencio, dejando que los dos a quienes se les había leído intentaran apenas comenzar a comprender la inmensa magnitud de lo que se les había comunicado. La esencia completa de la orden estaba inserta en esa, su breve regla.

- Bien, como habéis podido colegir de lo que nuestra hermana os ha leído, y que luego podremos explicaros en mucho mayor detalle, en esa regla tan breve, de apenas siete puntos, se halla condensada la sabiduría completa de la orden. Con el tiempo, indispensable para toda gran obra que haya de ser realizada, llegaréis a comprender profundamente nuestra regla.-

La voz hizo una prolongada pausa, dejando a sus oyentes librados a sus propios pensamientos.

- Muy bien, para continuar con su iniciación, se hace necesario que presenten su juramento, que primeramente va a leerles otro hermano aquí presente, y en caso de que presten conformidad al mismo, luego se los haremos ratificar. Hermano...-

Nuevamente cedió la palabra a otro, que inmediatamente se dirigió a ellos también en tono de máxima seriedad. Esta vez se trataba de una voz masculina.

- Les voy a leer el juramento que han de prestar, para que lo mediten antes de proseguir. Si por algún motivo les resultara insatisfactorio, lo pueden manifestar así, en cuyo caso los dejaremos ir por donde vinieron, sin más.-

Hizo una breve pausa, y luego comenzó a recitarles el juramento de la orden.

- Dice así: "Yo, haciendo uso de mi libre y espontánea voluntad, y en honor al deseo que siento de conocer mi íntima naturaleza y destino, juro por lo más sagrado para mí y por mi propia vida, no dar a conocer el don a quien no puede comprenderlo, no hacer público el conocimiento que debe permanecer privado, y respetar la regla de la orden. Si así lo hiciera, que el principio universal de la vida y la orden me lo premien, y si no que me lo demanden.".-

Tanto Demetrio como Oriana se quedaron sobrecogidos al escuchar lo que se requería de ellos en tono tan solemne. "Nada menos ni nada más que la vida misma, si fuera necesario" Pensaba Demetrio. Quieren que jure por mi propia vida. Oriana pensaba de manera semejante. Ambos sintieron por unos segundos agónicos la tentación de salir corriendo de allí sin mirar atrás. Pero luego de unos instantes de estoica resistencia, la angustia finalmente cedió. Nuevamente, ese extraño sentimiento de familiaridad afloró, el mismo que los empujó a ese lugar con un aspecto tan poco atrayente, a ese grupo de gente de apariencia tan extraña, y a aceptar de ellos las circunstancias más inverosímiles.

- ¿Aceptáis refrendar dicho juramento cuando os lo requiramos, luego de removidas las vendas que impiden vuestra visión?-

- Acepto.- Manifestaron ambos al unísono.

- Muy bien. Pero antes de permitirles volver a ver la luz, y de refrendar vuestro juramento, es necesario que observéis una dura prueba ¿Estáis dispuestos?-

Ambos afirmaron. Entonces sintieron que les tomaban amablemente del brazo, y solicitaban se pongan de pie. Una vez realizado esto, los guiaron nuevamente por un largo camino, hasta volver a encontrarse en el lugar donde habían aguardado anteriormente, ese espacio abierto y húmedo, con olor a musgo.

Esta vez, les pidieron que sigan caminando. Pocos pasos por delante el olor a musgo se había esfumado. En cambio un olor rancio, como si algo se estuviera ajando o pudriendo cerca, lo reemplazó. Se escuchó el chirrido de una puerta herrumbrada al abrirse con esfuerzo. Los guiaron dentro de un nuevo lugar, donde el olor a rancio se hizo un poco más intenso.

- Bien, ahora les vamos a pedir que tomen asiento, y sigan cuidadosamente nuestras instrucciones, para evitar cualquier accidente. No se alarmen, la prueba no implica ningún riesgo grave.-

En las cabezas de ambos resonaban las palabras de su conductor. "Riesgo grave" puede que no, pero algún tipo de riesgo sí, dada la advertencia de su conductor. No era demasiado tranquilizador.

Les solicitaron entonces que avancen hasta que chocaron suavemente con un objeto duro y pesado. Al cabo se oyó un sonido como de un gozne girando, y entonces le solicitaron a cada uno que se recline hacia adelante. Les fueron indicando y ayudando hasta que se acostaron sobre una superficie mullida.

- Es muy posible que experimenten una gran sensación de encierro. Es normal. Traten de relajar sus mentes y de concentrarse en sentimientos de paz, y enseguida la angustia desaparecerá.-

Dicho lo cual, los que oficiaban de conductores

cerraron las tapas de esos habitáculos mullidos donde estaban. El sonido fue denso, pesado; no debían de ser livianas las tapas. Luego un terrorífico 'clic' les indicó que las tapas habían sido aseguradas. Segundos después, sintieron la puerta herrumbrada otra vez. Sus conductores se habían marchado.

Oriana intentaba no moverse, aterrorizada de lo que ya intuía pero temía confirmar. Finalmente no soportó más, y comenzó a tantear el lugar en que se hallaba. Era realmente muy reducido el espacio; apenas podía mover los brazos, y no había siquiera suficiente espacio para flexionar las piernas. Al poco de palpar alrededor, comenzó a gemir de miedo, confirmados sus temores. Estaba encerrada en un ataúd de plomo.

Roberto y Elsa, una vez cerrados los ataúdes, hicieron señas a Ignacio de que se quedase allí haciendo guardia, en caso que alguno de los jóvenes no pudiera soportar la prueba y fuera necesario sacarlo.

Mientras, ellos cerraron la puerta sonoramente, para que los de dentro de los ataúdes escuchen, y se encaminaron a paso veloz por el pasillo, en dirección a la sala de reuniones. Roberto golpeó tres veces la puerta, aguardó un par de segundos y él mismo dio otro golpe como contestándose a sí mismo. Abrió la puerta y dejó ingresar a Elsa en primer lugar. Allí estaba el círculo reunido en meditativo silencio, esperando su retorno. Miguel, que era quien lo presidía, estaba ubicado de cara a la puerta. Abrió los ojos calmadamente al escucharlos entrar, pero no dijo palabra; simplemente se los quedó mirando, a la espera de alguna novedad.

- Circulante, hemos dejado a los dos neófitos en el responso, en las ubicaciones adecuadas para que puedan meditar profundamente y sin interferencias acerca del paso que están a punto de dar.-

Miguel hizo un gesto de asentimiento, y continuó en silencio, en tanto que Roberto y Elsa se acercaron al círculo y se sentaron en los espacios vacíos que los aguardaban. Varios minutos pasaron así en silencio, todos meditando, todos con los ojos cerrados, pero profundamente presentes en la sala. Había que esperar a que el Circulante sintiera que era tiempo de ir a buscar a los dos jóvenes enclaustrados en plomo.

Demetrio sintió un ramalazo de terror recorrer su espalda al caer en la cuenta de que estaba metido en un ataúd de plomo. Y lo habían trabado por fuera, por lo que ahora no había manera de salir, excepto esperar a que vengan a sacarlo de allí. Recordó las palabras de su conductor, en alusión a la angustia que podrían sentir ahí dentro. Trató de calmarse y pensar en cosas agradables, pero no hubo caso, la angustia le atenazaba el estómago, hasta sentir como si tuviera una bola de acero clavada en el abdomen.

Sin embargo, luego de un rato de sentirse así, y ya casi en un estado de desborde en que bien podría haber comenzado a zamarrearse dentro del cajón en un inútil intento de romperlo, de repente se hizo en su mente un pequeño rayito de luz.

¿Angustia por qué? La pregunta, clara como el agua, cristalizó por un momento todo el terror que lo atacaba desde lo profundo de sus entrañas. No estoy en peligro de muerte. Esta gente me ha tratado con extremada dulzura hasta el momento ¿Qué de malo podría pasarme? ¿Qué es lo que me hace sentir así de mal? No hay ningún motivo por el cual este sea un momento mejor que otro para temer mi muerte, así es que... ¿De dónde venía esa angustia?

El rayito de luz se expandió al realizar que su angustia provenía precisamente de no detener la cadena ininterrumpida de pensamientos que pululaban en su mente. Eso hacía que el encierro lo enloqueciera, dado que su mente estaba tan acelerada procesando el mundo exterior que el encierro repentino le provocó una reacción contraria. Despacio, perseverantemente, se esforzó por poner su mente en blanco; por vaciar su racionalidad de contenidos superfluos. Dentro de ese ataúd era más fácil; no había que ocuparse de ningún factor externo que pudiera irrumpir en su cabeza. Luego de un rato, ya no podía saber si sentía o no angustia, o cualquier otra cosa. Estaba plenamente abocado a despojar su mente de todo, y concentrado como estaba en esa tarea, ya no tenía espacio en su mente para ocuparse de ninguna angustia, así es que comenzó a sentirse bien. Cuando finalmente volvió a oír el 'clic' de las trabas del ataúd, y la tapa se levantó, ya no sentía angustia alguna, y la bola de nervios del estómago se había deshecho hacía tanto rato que le costaba recordar que alguna vez había estado allí.

Oriana sollozó sólo unos segundos al descubrir qué era lo que la cobijaba en ese momento. Luego intentó calmar esa incipiente angustia pensando en algo agradable y apacible, como le había indicado uno de sus conductores.

Le vino a la mente un momento de su infancia, cuando sus padres la habían llevado a conocer la costa atlántica de la Argentina. Habían elegido Pinamar, porque era un pueblo costero pequeño y muy bonito. Recordaba el olor de los pinos en medio del bosque, y a pocos metros la arena, y el olor salitroso del agua de mar. ¡Qué combinación tan emocionante de naturaleza era esa! La había conquistado desde aquella primera vez. Luego seguiría viajando cada tanto a ese pueblo, que con el tiempo se hizo ciudad, pero que consiguió aún conservar ese aire mágico, esa combinación tan bella entre el bosque y el mar.

Trató de recordar los olores, los colores, tan vívidos cuando uno es niño, que parecen sacados de una película. Recordó una tarde en que caminaba con sus padres en medio del bosque. Tendría unos diez años. Al pasar por un claro en el bosque encontraron una escena fantástica, irreal. El sol entraba entre las ramas, iluminando algunas piezas de vidrio roto que algún caminante poco cuidadoso del ambiente había dejado allí. Y dado que había caído una leve llovizna, o quizás había sido el rocío, no estaba segura, la luz se refractaba en los vidrios y las gotas de agua colgantes, creando un escenario que bien podría haber pertenecido a un film de hadas. Recordaba saltar y reír y a sus padres algo más austeros en sus expresiones intentar aplacarla un poco, y sobre todo mantenerla alejada de los vidrios.

Esa imagen del bosque encantado que había podido vivenciar esa vez, la marcó para toda su vida. Cuando comenzó a pintar, pensó en muchas ocasiones en pintar ese recuerdo que tan mágicamente se había grabado en su memoria. Pero todas las veces desechó la idea, temerosa de opacar la imagen que tan perfecta se conservaba en su mente con una ejecución pobre como la que temía terminaría siendo la que hiciera, no importa cuánto lo intentara ni qué tan buena fuera.

En el fondo, en ese lugarcito de su alma en que aún vivía la niñita que reía y saltaba en el bosque, ella sabía que ese regalo que Dios le había hecho no podría nunca reproducirlo en el lienzo. La magia de la naturaleza era mucho más poderosa que cualquier magia humana.

Un nuevo 'clic' la sacó de sus dulces cavilaciones infantiles. Alguien había quitado la traba del ataúd. Al poco, la tapa del mismo se movió, y ella sintió aire nuevo que entraba en sus pulmones. Había pasado la prueba.

Sus conductores los ayudaron a salir de los sarcófagos en que habían pasado la última hora. Con extremada dulzura los ayudaron a caminar el recorrido hasta la sala de reuniones, dado que el largo rato había hecho que sus miembros se entumecieran un poco.

Al llegar nuevamente a las puertas de la sala, Roberto volvió a realizar los tres golpes pausados, rítmicos, con que se debían anunciar. Luego de unos segundos, el mismo se contestó con un solo golpe y procedió a la apertura.

Esta vez fue él el primero en ingresar, dejando a Demetrio bajo la tutela de Ignacio. Elsa llevaba amorosamente a Oriana de la mano, y fueron las primeras en ingresar, seguidas luego por Ignacio y Demetrio, que también iban de la mano. En un principio a Demetrio le había chocado un poco el contacto en ese talante con otro hombre, dado que lo sentía incómodamente íntimo. Con el transcurrir de los viajes y las pruebas, fue notando que esa era una mano amiga, y que ese contacto le transmitía a la vez que confianza un cierto tipo de cariño fraternal, que como una corriente subía por la mano y le reconfortaba, contrarrestando en cierta medida los temores e inseguridades con que se movía, a sabiendas de que estaba literalmente en manos de sus conductores.

Avanzaron dentro de la sala, donde los hicieron sentar nuevamente en los banquillos ubicados allí a los efectos. Una vez sentados, se hizo un breve silencio, roto finalmente por Miguel.

- Muy bien, han superado exitosamente la prueba a que han sido sometidos; reconozco que se trata de una prueba dura, capaz de arredrar a muchos, pero por fortuna ustedes la han vencido. Resta ahora devolveros el preciado don de la vista, el que os hemos retirado más temprano precisamente para incitar en vosotros el uso del sentido interno.-

Hizo una breve pausa para dar tiempo a Elsa e Ignacio de que se ubiquen detrás de ambos jóvenes, con las manos sobre las vendas.

- Bien ¡Que la visión les sea dada de nuevo!- ordenó perentoriamente.

Ignacio y Elsa soltaron rápidamente el nudo de sus vendas, dejando caer la tela sobre el cuello de los dos jóvenes. Ambos parpadearon varias veces de manera refleja, dado que había sido verdaderamente un largo rato sin poder ver. Una vez readaptados, se sintieron fuertemente mareados, y comenzaron a recibir estímulos desde todas direcciones; como si pudieran prever varios caminos de acción que pudieran estar a punto de pasar, todos a la vez, entremezclados, de resultas de lo cual no podían captar la realidad que estaba sucediendo en ese momento. Era como si la vista se les nublase con imágenes superpuestas.

Sus conductores los sostuvieron para evitar que cayeran de sus bancos. Miguel sonrió levemente, complacido con tan potente resultado.

- Esto que están experimentando ahora, este avivamiento, el torrente sanguíneo golpeteando contra las sienes, los ojos captando realidades diversas todas a la vez, esto que les pasa ahora, es el don desbocado por completo, excitado por la falta de visión y por la falta de estímulos externos producto del encierro en esos ataúdes de plomo. No es casual que sean de plomo. O bien impide por completo o al menos atenúa en inmensa medida los efectos del don.-

Los dos jóvenes lo miraban sin entender del todo lo que les estaba diciendo. Miguel se puso de pie pausadamente, con cierta elegancia. Caminó por en medio del círculo que formaban los demás integrantes, en dirección a los dos que, aún sentados en sus bancas, lo miraban con gesto todavía mareado.

- Como se pueden imaginar, esta práctica de los ataúdes de plomo no solamente se utiliza para excitar el don, sino además también para obtener paz, en los casos en que el don nos obnubila y no podemos controlarlo. Por ello, en todo círculo siempre se cuenta con al menos algunos de ellos.- Sonrió con un vago gesto de desazón.- Claro que la práctica de los ataúdes nos ha traído muchos quebraderos de cabeza.- Hizo una pausa y los miró con gesto teatral.- Adivinen cuál era el peculiar problema de Vlad Draculea, aquel príncipe Valaco, sanguinario como pocos.-

Los dos abrieron los ojos con desorbitado asombro.

- ¿Acaso usted insinúa...?- comenzó Demetrio.

- No insinúo nada jovencito. Está todo escrito. El maldito de Draculea era un renegado, y para mayores señas tuvo la inmensamente genial idea de dejar entrever parte de nuestras prácticas a algunos de sus allegados profanos.- Hizo un gesto de desdén.- Muy bien, es suficiente ¡Pónganse de pie, que les voy a tomar juramento!-

Ambos obedecieron en el acto, movidos como por un resorte.

- Pongan su mano derecha sobre el corazón, y tomen mi mano con sus izquierdas.- Así lo hicieron.- Acercaos todos, hermanos.-

A la orden de Miguel, todos se pusieron de pie, formando un círculo. Todos ejecutaron el mismo gesto, poniendo sus manos derechas en el corazón, y apoyando las izquierdas en la mano de Miguel, de manera tal que se apilaron todas las manos sobre las de Oriana y Demetrio.

Miguel en cambio, sostenía en alto su mano derecha, apoyada sobre su propia frente, mientras con los ojos cerrados recitaba algo tan suavemente que era por completo ininteligible. De pronto lanzó de manera perentoria la pregunta.

- ¿Juráis por lo más sagrado y por vuestras propias vidas el juramento que les hemos leído anteriormente?- Espetó Miguel.

- ¡Juro!- Lanzó melodiosamente Oriana, llena de

una alegría inmensa, que le hacía correr lágrimas por los ojos, quizás aún presa de aquel recuerdo del bosque encantado.

- ¡JURO!- Casi gritó Demetrio, inundado por completo de una euforia gigantesca, que amenazaba con derretir su cuerpo, dado el intenso calor que lo invadía.

- En ese caso los declaro a ambos portadores reconocidos, y miembros activos de este círculo, denominado Amigos de la Humanidad.-

Dijo Miguel en un tono a la vez suave y revestido de autoridad. Luego todos se mantuvieron en silencio, sin salir de ese círculo que se había formado, todas las manos unidas en el centro, las derechas apoyadas en el corazón. Se podía sentir un efluvio de energía intensa, casi palpable, que emanaba del grupo y los recorría a todos.

Algo más tarde, Miguel finalmente bajó la mano de la frente, y a esa señal el resto separó las manos del centro, y prorrumpió en un cálido aplauso para los nuevos integrantes del círculo. Por turnos, todos los demás miembros les estrecharon en un también muy cálido abrazo, con afectuosas palabras de bienvenida.

Cuando los ánimos se hubieron calmado un tanto, una vez finalizados todos los saludos, Miguel invitó a todos a sentarse nuevamente en el círculo, exceptuando a los dos nuevos. A ellos les pidió que se paren a cada lado de él, fuera de la alfombra. Una vez todos ocuparon sus lugares, Miguel volvió a hablar.

- Bien mis queridos hermanos; puesto que todos somos hermanos en el don, quiero darles la bienvenida a esta augusta orden, e invitarlos a integrarse a nuestro círculo por primera vez.-

Dicho esto, Livingston y Petrucci, que estaban directamente a los lados de Miguel, se fueron abriendo hacia los lados, dejando el suficiente espacio como para que los dos nuevos integrantes pudieran tomar su lugar. Una vez estos tomaron asiento en la alfombra, todos comenzaron a tomarse de las manos. Demetrio notó que pasaban el brazo derecho por delante del pecho, enlazando la mano derecha con la izquierda de la persona que estaba a la izquierda en el círculo. Imitando ese proceder, todos se enlazaron entre sí.

- Con esta cadena humana que hemos formado, simbolizamos de la manera más evidente las relaciones que nos unen a todos en el círculo. De esta manera les damos la bienvenida, a estos nuevos hermanos, Oriana y Demetrio, a nuestro círculo Amigos de la Humanidad. Demos por terminada la circulación, hermanos, y vayamos todos en paz.-

Ante la orden de Miguel, todos se separaron suavemente, mirando los relojes y los celulares, volviendo poco a poco al mundo profano que los llamaba con sus responsabilidades que, temporalmente, habían sido apartadas para asistir a ese lugar.

Ignacio y Marina se despidieron los primeros, saludando a todos antes de retirarse. El resto no parecían tan apurados por partir. Elsa saludó a los nuevos portadores y se dirigió a un banco, donde tomó asiento unos momentos, en tanto prendía un aromático y delgado cigarrillo turco, cosa que nadie le reprochó, a pesar de lo diminuto del ambiente.

Ana, acompañada por el padre Petrucci, se acercó a los jóvenes, para despedirse. El sacerdote la acompañaba habitualmente a su casa luego de terminadas las reuniones, dado que normalmente el horario era tardío y las calles no tan seguras para una dama de su edad.

Una vez se retiraron ambos, Demetrio miró a Oriana con gesto sugerente, mirando en dirección a la puerta. Ella sonrió. "Sólo unos minutos más". Pidió, y él asintió sin fastidio aparente. Era tarde y estaba extenuado, pero a su vez deseaba conversar un poco más con quienes aún no se habían retirado. Todo era tan nuevo, tan... tan... vasto que escapaba un poco a su comprensión. Sentía como si tuviera en frente un mural gigantesco, el cual no alcanzaba a abarcar de una sola mirada.

Aún había varios de los integrantes del círculo allí; Miguel, Roberto, Elsa y Livingston aún se hallaban allí. Demetrio se acercó a Miguel con intención de hacerle algunas preguntas, pero este le hizo un gesto para que aguardase.

- Entiendo que querrás hacernos miles de preguntas, pero ha sido un largo rato de trabajo para todos, y es necesario reponer un poco de energía.

¿Qué les parece un poco de café fuerte y scones?-

- Yo debo disculparme, pero mañana tengo mucho trabajo temprano, por lo que deberé declinar el ofrecimiento.- Manifestó el doctor Livingston.

Todos lo saludaron amablemente, y el resto aceptó con entusiasmo, dado el cansancio general. Miguel se dirigió a la sala principal del local, de la que volvería un rato después con una bandeja con varias tazas de humeante café y una cuantiosa bandeja de scones.

VIII

- ¿Por dónde empezar?- comenzó retóricamente Miguel.- La historia del don es tan vieja como la humanidad misma. Al menos, desde que el hombre ha adquirido la consciencia de su propio ser y de su propia finitud.-

- Sí, desde que recibimos ese maravilloso, aterrador regalo de saber que vamos a morir; desde ese momento dejamos de ser como los otros animales, y nos transformamos en seres humanos.- Terció Elsa, que había prendido otro aromático cigarrillo.

- Desde el amanecer de los tiempos hemos estado allí. Pero por supuesto, ya desde esos mismos inicios se hizo evidente que no podríamos nunca vivir por entero a la luz del día. Es decir, que nunca podríamos mostrarnos como verdaderamente somos. El resto de la humanidad, la inmensa porción de ella que aún es sólo potencial nos destruiría, presa del más atávico instinto de conservación frente a lo percibido como una amenaza.-

Hizo una pausa para beber un poco de café.

- No duden que así debe de haber sido. En tiempos tan primitivos como los que estamos tratando, el hombre era por más que portador de una chispa divina en su interior, aun extremadamente cercano a su animalidad; muchos de nosotros deben de haber muerto antes de que comiencen a gestarse las primeras formalidades de nuestra orden, cuyo origen no cabe ninguna duda que fue inicialmente con el mero fin de la protección mutua. Una vez lograda la misma, pudimos comenzar a indagar acerca de lo que nos pasaba, de lo que éramos, y de qué habíamos venido a hacer al mundo. Pero para que todo ello llegara a buen puerto hicieron falta quizás miles de años.-

- Miguel, más temprano durante la lectura de la regla, y luego de nuevo, has hecho mención a nuestra misión personal; indicaste además que era de una importancia elevada. Me gustaría entender un poco mejor de qué se trata.-

Demetrio esgrimió la pregunta con voz suave, y gesto de respeto.

- Por supuesto querido Demetrio, intentaré ilustrar la idea a la que te refieres. Antes me gustaría recordarte que desde ahora eres un hermano más de la orden y especialmente de este círculo, y eso no en un mero sentido figurado. Cuando pases tiempo entre nosotros comprenderás que luego de haber pulido un poco tus capacidades, te harás mucho, pero mucho más empático respecto de los seres que te rodean. Te puedo asegurar con total honestidad que en este momento te amo como a un hijo que hubiera tenido en mi regazo y visto crecer hasta tu edad.-

Demetrio se sonrojó visiblemente tocado por la sinceridad que emanaba de las palabras de Miguel.

- Por ello, te ruego encarecidamente querido hermano, que olvides entre nosotros las palabras "perdón" y "gracias", así como las actitudes asociadas a esas palabras. No es necesario agradecer puesto que es una obligación que cumplo con entera alegría y satisfacción el instruir y ayudar a todo otro hermano en el don que necesite de ayuda. Es mi obligación, por lo tanto, no es ningún favor.- Sorbió otro poco de café.- Y respecto del perdón sucede algo similar. Yo verdaderamente te considero mi hermano y de esa manera te amo. Y por ello y porque debemos cultivar todas las virtudes y emanciparnos de todo vicio, no puedo permitir que ningún error, voluntario o involuntario, tuyo o mío, empañe esa relación fraterna de hermanos que debemos de sostener a toda costa. Así es que para poder seguir amándote como a mi más querido hermano, debo tener la capacidad de disculpar cualquier error que pueda aparecer en medio de nuestra relación. Esta es otra obligación que tenemos como hermanos, por lo que nuevamente, no hay ningún favor allí, por lo que el perdón no sólo no tiene razón de ser, sino que además menoscaba tu percepción de la realidad. Yo te debo el perdón, lo tienes ganado desde antes de equivocarte, puesto que es mi deber. ¿Has comprendido?-

Preguntó amablemente Miguel. Demetrio, por toda respuesta, se acercó al venerable anciano y le dedicó un intenso abrazo. Algunas lágrimas corrieron por sus ojos. Y por los de Miguel.

- Nunca deja de temblar mi corazón cuando debo explicar estas cuestiones a nuevos hermanos. La emoción es muy fuerte...- Nuevamente sorbió algo de café para aclarar un poco su garganta.- Bien, ilustraré entonces el tema de la misión personal. No es largo ni complicado en sí, sin embargo es un tema difícil de transmitir y de recibir, lo que lo hace especialmente digno de atención.-

Se interrumpió un momento para llenarse nuevamente la taza con caliente, negro y extra fuerte café. Ofreció también a los demás, pero sólo Roberto aceptó otra taza.

- Cuando el don comienza a desenrollarse en vuestro interior, éste comienza de abajo hacia arriba. Es decir, que la dirección de la manifestación del don comienza en lo más animal y termina en lo más espiritual.-

- Claro, como con los chakras.- Intervino Oriana.

- Exactamente como los chakras querida, muy bien.- felicitó Miguel.- De hecho esa es una forma entre tantas otras de percibir el despertar de la visión. Una consecuencia de ello, me refiero a la dirección en que principia el movimiento, es que primeramente deberéis de resolver los problemas más "materiales" por llamarlos de alguna manera. Me refiero a que el inicio de la manifestación afecta primero a la parte más física de ustedes, a esa parte que está más ligada al mundo fenoménico, lo que vulgarmente se llama la realidad. Por eso es muy importante que toméis los debidos recaudos para poder identificar vuestra misión en el mundo, dado que es ahora, en el despertar del don, donde con mayor vigor y claridad podréis descubrirlo.-

- ¿Pero cómo lo descubrimos?- Volvió a intervenir Demetrio.

- No es fácil Demetrio. Pero básicamente, todo se reduce a realizar periódicamente prácticas de meditación, en tanto que comienzas una serie de experiencias que te permitan ir sacando conclusiones acerca de cómo te has sentido practicando cada una de ellas. Por supuesto no vas a intentar cada actividad pasible de ser realizada en el mundo porque no alcanza una vida humana para hacerlo. Lo que debes hacer es, con máxima concentración, elegir distintas ramas de actividad, y practicarlas por un tiempo breve, y siempre empezando por lo más básico. Por ejemplo, puedes tener disposición a actividades o bien eminentemente físicas o intelectuales. Puedes partir de allí. Si descubres que las físicas son lo tuyo, puedes entonces intentar diferenciar entre las competitivas y las constructivas. En cambio, si te gustan las actividades intelectuales, puedes intentar discernir entre las creativas y las interpretativas o analíticas.-

- Pero esto plantea un escenario vastísimo de ensayo. Uno podría pasarse la vida intentando hallar su lugar...- comentó Oriana un poco asustada ante la perspectiva.

- Sí querida Oriana, es posible lo que dices. Sin embargo, en la práctica, no he conocido ningún caso. Si ustedes se dedican con ahínco a ello, no pasará mucho tiempo antes de que podáis hallar vuestro lugar.- Hizo una pausa para tomar un poco de café, y pareció recordar algo importante, porque dejando la taza de repente volvió a dedicarles unas palabras.- Es importante que conozcáis un detalle importante respecto de vuestra misión, y es que cada misión es personal e irrenunciable, si realmente nos respetamos como seres humanos y como portadores. Lo que quiero decir, es que para muchas personas su misión personal es dirigir una nación, o ser un prominente artista, o un sinfín de tareas que podrían o no reportar distintos tipos de poder y de gloria. Sin embargo, para muchos otros su misión es ser granjero en las pampas, o dirigir un asilo de ancianos, o regentear un bar, en fin, misiones que pueden reportar otro tipo de resultados que en general son distintos a los otros, menos visibles desde el nivel global o histórico, digamos. Pero en definitiva es irrelevante cuál sea la misión per sé de cada uno, lo que realmente importa es que una vez descubierta, es nuestro deber llevarla de la potencialidad al acto con la mayor de las alegrías. Si así lo hacemos, descubriremos eventualmente, una sensación mística en nosotros, que podemos pobremente intentar describir como si el universo fuera un inmenso muro, y nosotros meramente un bloque de piedra, encajado exactamente en el lugar que estaba preparado para él.-

- Suena como algo no tan sencillo de lograr.- Masculló Demetrio, pensativo.- Pero por supuesto, tiene sentido. En definitiva es lo que todos los seres humanos hacemos ¿Verdad? Tratar de dar significado a nuestras vidas.-

- Sí, aunque de la manera en que lo plantea la orden, toma un cariz particular.- Terció Elsa.- Les puedo contar un poco de mis experiencias personales, por ejemplo. Eso puede que ayude a que ustedes saquen su propia interpretación. De joven sentí un impulso por el noviciado, impulso que en ese momento creí totalmente sincero y honesto. Me tomó un tiempo largo de sacrificio y penurias poder ordenarme monja. Y sin embargo de ello, con los años, fui comprendiendo que me "habían ordenado" monja. Quiero decir, que paulatinamente, a medida que madure mentalmente y comencé a estudiar mi interior, comprendí que me había hecho monja sobre todo por un mandato familiar. Mi familia es de origen italiano, y muy chapada a la antigua. En toda familia que se precie, según ellos por supuesto, debe haber un hijo, varón por supuesto, o bien médico o abogado. A ellos les tocó una mujer, por lo que el desencanto era evidente; y para colmo de males mi madre no pudo tener más hijos. Por lo tanto, intentaron casarme apenas me desarrollé mujer con algún buen partido que al menos les asegurara el poder tener donde vivir su vejez. Pero ya de pequeña tenía un carácter y unas maneras poco dóciles, por lo que los muchachos de mi pueblo me temían. Al pasar los años y comenzar a crecer, y volverme paulatinamente una carga más y más pesada para mis padres, decidieron que debía volverme monja, que era una bonita manera de desembarazarse de mí. Así comencé mi noviciado. Era virgen, y llena de prejuicios que mi familia se había encargado de inculcar fuertemente. Tanto es así que cuando finalmente abandoné los hábitos, tardé nada menos que tres años enteros en juntar el coraje suficiente para conocer carnalmente a un hombre.- Se interrumpió brevemente como notando una falencia.- Les ruego me disculpen; a veces me dejo llevar y me desvío del objeto de lo que digo. A lo que iba con todo esto, es a que no fue sino luego de grandes y dolorosos esfuerzos cuando al fin caí en la cuenta de que no quería ser monja, de que no me gustaba el hábito, y de que eso no era para mí. En su momento mis padres me habían hecho creer que eso era lo que me correspondía, que ése era mi destino. Pero no.-

- Para aquel entonces, ya estabas desarrollando el don aún con los hábitos a cuestas ¿Verdad Elsa?- Preguntó Roberto.

- Sí, había tenido ya varios episodios de aparición

repentina de la visión. Por supuesto, aún no sabía bien de qué se trataba.- Sonrió evocadoramente al recordar esos momentos.- Por aquel entonces se me acercó el padre Petrucci. Yo me sentía muy confundida esos días, y él fue un faro de luz en mi camino. Por un momento confundí mis sentimientos hacia él, fantaseando con locas huidas al estilo de una Camila O'Gorman, huyendo por allí con el padre como mi enamorado. Luego, con su ayuda, comprendí lo perdida que estaba, y lo bueno que ese hombre era conmigo, en el sentido menos carnal que se puedan imaginar. Ambos nos reímos de esas fantasías una vez yo me sentí mejor y más segura de mí misma, de mi don, y de lo que quería hacer.-

- ¿Y qué era lo que quería hacer?- Preguntó intrigada Oriana.- Hemos oído que dejó los hábitos, pero no termino de comprender su misión personal.-

- Querida Oriana, sucede que yo tampoco termino de comprender mi misión personal aún. No hace tanto he dejado los hábitos, descubierto el amor de un hombre, descubierto que hay más en el mundo que servir a Dios a través de los hábitos, y que por más respetable que sea esa vocación, no es la mía. Ahora me encuentro en un período de transición; me gustan las flores, y por eso es que trabajo durante el día en un puesto callejero, vendiendo flores a los transeúntes. Aunque puede costar creerlo, soy muy feliz haciendo ese trabajo; me paso el día haciendo ramos de flores, saboreando su perfume, la suavidad de los pétalos, la frescura que emanan los montones de flores que tengo en el puesto. También me maravilla el hecho de que esas flores que yo tengo allí ya han muerto, puesto que han sido cortadas de la planta. Y sin embargo... su perfume y su hermosura parecerían extremarse allí muertas por sobre cuando estaban unidas a sus plantas. Lo que quiero decir, aunque seguramente ustedes ya lo sabrán, es que la flor aún viva casi no despide aroma alguno; es el inicio de la putrefacción lo que produce la liberación de esos aromas tan exquisitos, dulces, extasiantes que emanan de las mismas. Es en definitiva como dice Jesús; para que la semilla dé su fruto debe morir primero. En el caso de las flores, deben morir para embelesarnos con sus agradables aromas.-

Sorbió un poco de café y se puso a luchar con su encendedor para poder prender otro fino y aromático cigarrillo turco.

- Mi querida Elsa tiene esa virtud de poder transmitir sus pensamientos de manera tan transparente que uno podría incluso creer a veces que está dentro de su cabeza.- Miguel le dirigió una mirada de respeto.- Por supuesto, es una sensación maravillosa la de poder compartir una charla con un ser como ella, capaz de enseñarnos sus lugares más recónditos, sus viejas heridas, las ya sanadas y las aún abiertas. Es tremendamente difícil poder alcanzar un estado de humanidad tal que uno pueda hablar como lo hace ella sin sentir temor ni vergüenza ni tampoco recelo alguno.- Se volvió nuevamente a los dos jóvenes.- Como han podido apreciar, con el ejemplo de nuestra querida Elsa, a veces una vida puede parecer encaminada de manera definitiva en una dirección, sólo para descubrir al cabo de un tiempo que ha sido un error, y entonces, es necesario volver a fojas cero, y buscar un nuevo rumbo. En resumen, la misión personal es algo visceral; ustedes, si meditan regularmente, si se escuchan a ustedes mismos en el silencio de su interior, sabrán siempre con toda certeza si la han hallado o no. El único consejo que les voy a dar, es que si en su interior han podido hallar su misión personal, deben apegarse a ella aunque la vida les vaya en ello. Y no lo digo en un sentido figurado.- El venerable anciano adoptó un tono notoriamente más bajo, casi con un dejo de amargura.- He conocido muchos muy queridos y entrañables hermanos que han sentido la misión personal del camino del guerrero, quizás la más dura, amarga senda que se pueda emprender. Me refiero al verdadero guerrero, ese tipo de carácter solitario, destinado al martirio en la última instancia, la clase de hombre que defienda lo que defienda, lo hace con el alma, con el cuerpo, con su propia sangre si es necesario. Y a veces, mis queridos hermanos, es necesario...- Miguel se detuvo unos segundos, con mirada ensoñada, recordando evidentemente algo.- Hace tiempo conocí uno de esos hombres, uno de esos guerreros que se aferró a su causa, y que, finalmente, murió por ella. Era un hombre remarcable, de un carácter indomable; defendía a capa y espada toda causa que tomara bajo su protección. Era un doctor en medicina eminente, muy reconocido a nivel mundial. Recuerdo que cuando se reunió un comité de investigadores para confeccionar un informe de las desapariciones y las bajas que hubo durante la última dictadura militar que vivimos en los años setenta, él terminó por renunciar al mismo, dado que era el único que quería contar las bajas militares también como víctimas.-

- Bueno, eso suena un poco extremo, debe usted reconocer.- Comenzó Demetrio.

- ¡Y un cuerno! Mi querido muchacho, yo viví en carne propia esa época, y sí, el gobierno de los militares era ilegal, eso no está en discusión. Pero lo que sucedió entre ellos y los grupos guerrilleros fue una guerra civil, con bajas por todas partes; esposas, hijas, familiares de militares eran blancos de los guerrilleros. En ese enfrentamiento no hubo buenos y malos, mi querido; eran todos malos. Y así lo entendió este gran guerrero. Y por ello, ante la negativa del resto del grupo de investigadores a avalar dicha posición, se vio forzado a dimitir, para no avalar él esa enorme omisión histórica.-

- Usted está hablando del doctor René Favaloro ¿Verdad?- Preguntó Oriana, con mirada incrédula.- ¿Quiere decir que él tenía el don también?-

- Evidentemente hija, eso es precisamente lo que estoy diciendo. Y este guerrero fue finalmente vencido por la indiferencia. Todos aquellos que debimos sostenerlo en el combate encarnizado en que se había metido fallamos, yo incluido. El gobierno de turno lo presionó tremendamente cesando los pagos de las deudas que había contraído con su fundación, poniendo su trabajo de tantos años al borde de la extinción. Y aquel tremendo, temible guerrero, terminó por tomar esa brutal determinación, que aún me oprime el pecho recordar, de salir de la escena para permitir que su obra sobreviva. Terminó por tomar, como les decía al principio, el camino del mártir.-

Se hizo un silencio incómodo. De repente a Demetrio y a Oriana se les disipó la sorpresa y el morbo de que un hombre tan reconocido haya sido miembro de la orden, y sintieron como un efluvio de empatía hacía Miguel y su dolor al no haber podido ayudar a su amigo en ese, su peor momento.

- Pero bien mis queridos hermanos, ése es, precisamente, el acercamiento que propone la orden a la misión personal. Sincero, directo, y también enfático. Recordando siempre que nuestra vida sobre esta tierra es limitada, por lo que el tiempo es el valor más preciado, de hecho, inapreciable, dado que no se puede recuperar de ninguna manera.-

- Lo que dice el venerable Miguel es como un gran "no dejes para mañana lo que quieras, o debas, hacer hoy"- Intervino Roberto con un aire de broma que Miguel recibió con una amplia sonrisa.

- Mi querido Roberto aquí, tiene la virtud del buen humor, cosa muy buena y útil cuando el tono de la conversación a veces se torna un tanto demasiado serio, como herrumbroso. Dado que es algo que me pasa bastante seguido a mí mismo, es de gran suerte tener a Roberto cerca para que nos pueda refrescar un poco las mentes y distender el tono de la charla.- Miró al aludido con agradecimiento sincero.- Muchas gracias querido, el recuerdo de mi viejo amigo agrió un poco la conversación.- El otro asintió en silencio.- Pero bien, una vez establecido el sentido de la misión personal, vamos a daros unas pocas informaciones elementales acerca de los orígenes de la orden como funciona hoy, para que vayan haciéndose de una idea acerca de qué se trata esta hermandad de la que ahora forman parte. Pero voy a ceder el lugar a Roberto, mientras me tomó un nuevo café, que la garganta ya se me ha secado de tanto hablar.-

- De acuerdo, siguiendo entonces las indicaciones de mi venerable hermano Miguel, les voy a comentar brevemente algunos detalles de la orden. Como ya les contó él antes, hubo que mimetizarse en la sociedad general humana, dado que nuestros poderes eran mal vistos y en general castigados y perseguidos por el temor que generaban en aquellos que no los poseían. Pero durante mucho tiempo, esto fue todo. Recién luego de miles de años de evolución, comenzamos a identificarnos entre nosotros, y a descubrir un hecho que hizo vital la organización de una manera u otra, de una hermandad entre los que portábamos el don. El hecho concreto, es que el trabajo en círculos, como el que hemos hecho hoy, promueve internamente en cada portador, el desarrollo del don. Esto, queridos hermanos, quiere decir que si ustedes se reúnen regularmente a hacer circular el don en nuestras reuniones, serán capaces de desarrollarlo hasta límites insospechados.-

- ¡Eso es realmente asombroso! ¿Pero cómo funciona?- Preguntó Demetrio, impresionado.

- En realidad no es tan asombroso querido Demetrio, piensa que la característica distintiva del ser humano es precisamente esa necesidad intrínseca que tiene de reunirse con sus pares. Incluso en el orden animal, es notable la dependencia y relativa inutilidad individual del ser humano con respecto a otras especies. El hombre tarda muchos años en poder ser físicamente adulto e independiente, en cambio hay animales que logran eso antes incluso de que un bebé humano comience a caminar. Por todo ello, en realidad, visto en esa luz, es lógico que también para el don dependamos de unirnos. La unión, queridos hermanos, hace la fuerza.- Puntualizó Roberto.

- Claro, no lo había razonado de esa manera, querido Roberto. Te agradezco la aclaración.-

- No hay de qué. Respecto de cómo funciona, nadie lo sabe a ciencia cierta. El método es simple. Hoy, que hemos realizado vuestra iniciación a nuestra orden, no lo hemos practicado, casi. Pero ya tendrán oportunidad en breve de asistir a una circulación habitual. Lo que hacemos es tomarnos las manos, lo que establece un lazo especial durante el acto entre todos los que lo hacen, e intentamos sincronizar nuestras versiones de la realidad futura inmediata que estamos percibiendo, pensando en algo en particular. Generalmente es el circulante quién establece los temas que se van a tratar. Comprendo que es algo difícil de comprender, pero va a ser mucho más fácil de experimentar, y sobre todo, grato, eso se los aseguro.- Roberto sonrió afablemente.- Bien, volvamos a la formación de la orden. Nadie puede saber hoy a ciencia cierta cuándo efectivamente nuestros lazos con otros portadores finalmente cristalizaron en la formación de grupos más o menos organizados. Sin embargo, se puede especular con cierto grado de certeza, que esto ocurrió allá en la prehistoria, un tiempo antes del inicio de la civilización Egipcia, durante el período que comúnmente en el ambiente extraoficial del estudio de la historia se da en llamar período atlante o edad de oro.-

Demetrio y Oriana se miraron significativamente, y los otros tres rieron de buen grado. Elsa, entre risas, intervino.

- ¡Ay queridos muchachos! ¡Son tan expresivos sus gestos! No, no es demencial lo que Roberto menciona acerca de los tiempos atlantes. Lo que sucede es que la historia oficial siempre tiene un montón de problemas políticos, diplomáticos, de propaganda, conveniencia, etcétera, que la hacen desgraciadamente inadecuada para descubrir las verdades del pasado.-

Miguel también aportó su cuota a la cuestión.

- Sin adentrarnos en demasiados ejemplos, baste decir, por citar un caso, que hay una cantidad inmensa de información acerca de la civilización egipcia que se guarda celosamente, sin difusión, y cuando es difundida, desde las esferas oficiales, se desprestigia a quienes hacen pública esa información y a la información misma. Por ejemplo, existen indicios de que los egipcios podrían haber hecho uso de la electricidad. Existe claramente la información de que las clases más ilustradas de la civilización egipcia creían en una deidad única, creadora, benevolente, y no en el puñado de dioses en que creía el populacho. Y un sinfín de detalles más que no se comentan, no se escriben, no se difunden.- Hizo una pausa, tomando aire para seguir.- Luego podemos citar otro ejemplo muy interesante dado que ya hoy es caduco, aunque famoso. Me refiero al "Legado de Constantino", un documento aparecido públicamente durante el siglo ocho de nuestra era, teóricamente rubricado por Constantino el Grande, emperador romano, en el cual cedía al papado católico el poder temporal de roma y todo occidente. Este documento fue durante siete siglos, no desprecien por favor la cifra, quiero decir que, durante setecientos años, el mundo creyó en ese documento "histórico". Luego ya en el siglo quince se demostró a todas luces su falsedad. Sin embargo, ése fue un intento de las altas esferas por manipular la historia, que en este caso salió mal. Los invito a meditar acerca de la cantidad de casos que puede haber como ese que nunca han sido descubiertos. No olviden nunca, que donde hay grandes intereses políticos y económicos, existe siempre la manipulación y administración fiera de la información.-

- Un caso más reciente de esto también se puede citar en la imagen pública de las dos potencias enfrentadas en la segunda guerra mundial, luego de terminada ésta.- Volvió a intervenir Roberto.- Me refiero a que las potencias nazis o nacional socialistas quedaron totalmente desprestigiadas; se hizo pública toda su miseria, las torturas a judíos, gitanos, homosexuales, etcétera. Se enjuició a los oficiales que se capturó, ejecutando públicamente a muchos de ellos; fueron los famosos juicios de Núremberg. Se puso la bota sobre el pueblo alemán entero, haciendo cargar a una nación completa con las culpas de la guerra perdida. En definitiva, un sinfín de acciones muy fuertes tomadas por los vencedores. Estos otros en cambio, no eran para nada como los nazis a quienes persiguieron y enjuiciaron y ejecutaron. Estos eran hombres, digamos, casi santos, puros varones occidentales sin mácula. Por supuesto, esa es la imagen que vendieron y que hoy lamentablemente muchos seres humanos a lo largo y ancho del globo aún compran. Sin embargo, me permito comentarles que esas naciones santas que mataron a sus enemigos ya vencidos, lo cual de por sí es un acto innoble, porque se debe tener piedad del vencido en la lid, naciones como los Estados Unidos de Norteamérica, todavía en los años cincuenta y sesenta, y no me refiero a los mil ochocientos, si no a los mil novecientos, tenían buses en sus ciudades donde había asientos para hombres de raza negra, y para hombres de raza blanca. Baños segregados, escuelas segregadas ¡Incluso bebederos de agua en las calles segregados! Esa misma nación es la que durante la segunda guerra mundial, en la que Japón participó en el bando contrario, apresó a todos sus ciudadanos de ese origen y los puso en campos de concentración, por las dudas no fueran espías. Es la misma nación que permitió el asesinato de Martin Luther King Junior, ese hombre inmenso, porque les resultaba inconveniente. Así como permitieron el asesinato de su propio presidente John Fitzgerald Kennedy por razones semejantes. Luego tenemos otro ejemplo salvífico de las potencias de occidente, Gran Bretaña. Uno de los inventores de la trata moderna de esclavos, con códigos legales que les reconocían el derecho como raza superior, me refiero al caucásico blanco occidental por supuesto, sobre los pobres hombres de raza negra que capturaban en África, y que en condiciones infrahumanas comerciaban con sus primos de las américas. Ese pueblo también se mostró a sí mismo como los salvadores de la civilización en aquel entonces, ocultando y olvidando mencionar muchas de sus propias faltas. Pero no se preocupen, a pesar de que la cultura en que todos estamos inmersos nos graba muchos tristes prejuicios, y de que debido a ello ustedes probablemente están pensando que soy un nazi o pretendo reivindicar algo de esos regímenes totalitarios aberrantes, les repito; no se preocupen, porque no es así. Ni estoy a favor de esos ideales perversos y aberrantes como el del nazismo, ni tan poco me caen tan mal esas dos naciones de que les he hablado pestes; de hecho me caen bastante bien.- sonrió al decir eso, aflojando la tensión de su tono.- Pero lo que intento mostrarles es que la historia no es nunca tan lineal como se la pone en los libritos de escuela con que pretenden aleccionarnos acerca de qué creer y qué no. La historia es vastamente compleja y llena de contradicciones, y si ustedes se aferran a los prejuicios a los que les han impelido desde la infancia, y no luchan conscientemente por desprenderse de ellos y mirar las cosas bajo una luz lo más pura y objetiva posible, hay una infinidad de cosas que les va a costar mucho aceptar y comprender.-

Ambos asintieron con una sonrisa un tanto avergonzada en el rostro. Pero agradecieron a los tres por esas aclaraciones y por las interesantes reflexiones sobre la historia que todos habían aportado, dado que ellos las desconocían. A Oriana le chocó especialmente la falsificación de esos documentos que había sido evidentemente perpetrada por la Iglesia Católica Romana para poder reclamar el poder temporal sobre todo occidente durante la edad media. Su educación católica le hacía sentir cierta aprensión ante un hecho tan lamentable.

- Volvamos sobre los inicios de la orden.- Pidió Roberto.- En el período que se da en denominar atlante, hubo al menos una gran civilización, en el seno de la cual la orden finalmente cristalizó como tal. La regla de nuestra orden data de aquella época olvidada. Fue entonces que todo comenzó. Aquella civilización engendró una ciencia más vasta y compleja y poderosa de lo que hoy podemos imaginar. Pero esos hombres, no pudiendo escapar a la esencia que los hacía humanos, pecaron de soberbia, al querer conquistar a la naturaleza e igualarse materialmente con dioses.

Es allí donde nace nuestro gran contrincante, que a lo largo de la historia sigue un mismo derrotero de muerte y destrucción. Me refiero a los oponentes.

- ¿Oponentes?- Repitió tontamente Demetrio. Oriana le dio un leve codazo en perentorio gesto de llamamiento al silencio.- Lo lamento...- alcanzó a balbucear él.

- Ellos tiene sus propias maneras de llamarse e identificarse entre ellos. Nosotros nos limitamos a denominarlos en general como oponentes. En los inicios de la orden, durante la época atlante, hubo muchos grandes pensadores que discutieron e investigaron y reflexionaron acerca de la naturaleza en general, la naturaleza humana en particular, y la naturaleza del don. Finalmente concluyeron que la razón misma resentía omitir la existencia de una potencia que nos había dado propósito, en definitiva, de un Dios. El gran argumento de estos hombres era principalmente el conocimiento de la muerte. Lo que pensaron es que no hay ninguna necesidad biológica ni natural de que sepamos que vamos a morir. Y dado que todo en la naturaleza tiene un propósito, y no hay nada que escape a esa regla, la conciencia de la muerte debe de tener uno también. Solamente que no es biológico. O al menos eso es a lo que se llegó como conclusión. Desde ahí se cimenta la filosofía entera de los videntes.-

- Junto con la de toda la humanidad, podríamos decir también.- Aportó Elsa con una sonrisa socarrona.

- Por supuesto querida Elsa, por supuesto.- Aceptó Roberto.- La cosa es que desde aquel entonces se formó el ideal de que nuestra presencia aquí, dado que nos es dado el terrible y maravilloso a la vez conocimiento de lo limitado y perecedero de la misma, tiene un objetivo determinado, que es la vez uno y muchos. Uno en el sentido de que todos tenemos el gran objetivo de amarnos los unos a los otros, como dijo ese gran profeta judío que asesinaron en la cruz.-

- ¡Espere! ¿No me dirá que Jesús era también un

vidente?- Espetó Oriana incrédula.

- Dejemos eso para otro día...- Se limitó a intervenir Miguel.

- Bien, ese es el objetivo universal que como especie tenemos. Dentro de nuestras complejidades, nuestros miedos, vicios, egoísmos, aprender a superarlos y unirnos como la sola especie que somos, todos hermanos dentro de ella. El segundo objetivo es la misión personal; como individuos que somos, a su vez tenemos un motivo específico para estar aquí, y la conciencia de la finitud debería ser un acicate virulento que nos impela a la búsqueda de nuestra verdad personal. Esas fueron en aquel entonces las conclusiones de los sabios.-

Roberto calló, sorbiendo un poco de café, y dejando el espacio a Miguel para que tome la posta de la explicación.

- Pero hubo que hacer una última reflexión, la cual versaba respecto al don. La pregunta esencial era la misma ¿Para qué dotarnos de esta potencia para ver más allá de lo evidente? Fue entonces que un grupo de esos sabios degeneró. La inmensa mayoría de los sabios interpretó que el don era una herramienta de unión y de amor, una ayuda inestimable para lograr la hermandad de todos los hombres, y el cumplimiento de nuestras misiones personales en la vida. Pero un grupo reducido concluyó que el don era un signo de superioridad, y que así como en la naturaleza el león mata a la presa, así el portador subyuga a los demás humanos que no poseen su poder. Y ese fue el principio del fin. Desde allí en más, hemos estado librando una batalla silenciosa, desde las sombras, con esos miserables. Podríamos decir que cada gran guerra, cada gran catástrofe humana, cada tiranía, en fin, cada muestra de lo más repulsivo y vil de la naturaleza humana, nos ha sido dado por nuestros hermanos antagonistas.-

- Pero eso es terrible...- Murmuró Oriana. Miguel la miró con gesto compungido.

- Sí, querida, eso es realmente terrible, y muy triste además. Es la herida nunca cicatrizada en el corazón de nuestra hermandad desde el inicio de los tiempos. Nuestros propios hermanos portadores, otrora hacedores del bien, transformados en seres oscuros, cegados por el miedo y la ambición. Toda su sabiduría transformada en la peor de las ignorancias. Sí, es terrible...-

Miguel se quedó en silencio unos momentos. De pronto miró su reloj y suspiró con aire de resignación.

- Bueno, creo que ha sido suficiente; ya es medianoche. Los hemos tomado a ambos por sorpresa, y les hemos atiborrado con algunas informaciones básicas. Pero hay más, mucho más que hablar, y no lo podremos recorrer todo en una sola noche. Roberto.- Miguel miró al hombre con gesto de cansancio.- Por favor acompaña a nuestros nuevos hermanos a la puerta, y ya apaga las luces y demás cuestiones así podemos retirarnos todos.- Miró nuevamente a los dos jóvenes.- Y ustedes mis queridos nuevos hermanos, piensen en todo lo que ha sucedido aquí hoy. Es a la vez maravilloso y terrible, y los carga con la responsabilidad que sólo puede dar el conocimiento. Todo va a cambiar en sus vidas, ya lo verán con el correr del tiempo.-

Dando por finalizada la prolongada charla, todos se saludaron, y se encaminaron a la puerta. Salieron en primer lugar Oriana y Demetrio, acompañados por Elsa. Miguel se quedó ayudando a Roberto a cerrar el local. Caminaron hasta la esquina, y en la avenida Beiró esperaron los tres juntos, pacientemente, dado lo avanzado de la hora, hasta que pudieron abordar cada uno sendos taxis que los llevaran de vuelta a casa; en primer lugar Elsa, luego Oriana, y finalmente Demetrio, que se quedó el último, como buen caballero.

IX

Demetrio despertó la mañana siguiente con la sensación de haber tenido un fabuloso, inigualable, abrumador sueño. En realidad sabía que no había soñado todo lo que recordaba, pero había un halo de irrealidad en todos los hechos de la noche anterior que lo hacía sentir con un fuerte sabor onírico.

Se levantó esa mañana con cierto esfuerzo. Un profundo cansancio, producto de las intensas emociones, y por supuesto de las pocas horas de sueño dado lo tardío de la finalización de la velada, lo abatía, como una pesada carga sobre la espalda.

Se dirigió con paso cansino al baño. Luego de lavarse la cara, tomó la crema y la hoja de afeitar. Se miró al espejo por unos instantes, con ambos artículos en la mano. El hombre que le devolvía la mirada tenía un aspecto extraño. No terminaba de distinguir cuál sería la diferencia, pero definitivamente la imagen en el espejo no era la que venía viendo antes de ese día.

Una vez terminó de afeitarse se dirigió ya un poco más animado hacia la cocina, donde se preparó un desayuno ligero; apenas un café, un zumo de naranja y un par de tostadas untadas en mermelada de frutas.

Puso todo en la mesa grande en su comedor, pero no se sentó. En cambio, fue hasta la puerta de la casa, para ver si el repartidor había dejado el diario del día. Lo había dejado. Volvió caminando despacio, ojeando los titulares, en dirección a la mesa y al desayuno.

Una vez sentado a la mesa, comenzó su típico ritual del desayuno. Primero el café, en tanto terminaba de ojear los titulares. Luego las tostadas, con las que intentaba digerir, y a veces no era simplemente metafórico, las noticias de política y economía. Finalmente, la sección de cultura la acompañaba con el zumo de naranja.

Esa mañana el ritual se vio un poco trastornado, sin embargo. Terminó de tomarse todo el desayuno, y ni había podido pasar de los titulares. El diario seguía allí frente a él, sin abrir. No podía quitarse de la cabeza todo lo que había pasado la noche anterior, y el rostro que le devolvía la mirada en el espejo. ¿Qué intentaba decirle ese rostro? ¿Qué era lo que había cambiado en la imagen que le devolvía el espejo?

Se quedó unos minutos más cavilando, una vez terminado el desayuno, pero finalmente se levantó con aire fastidiado de la mesa. Debía levantar las tazas y demás utensilios, lavarlos, e irse a abrir la zapatería, que ya se estaba haciendo tarde.

Desde la muerte de su padre, sentía que la casa era como un museo. Un lugar enorme para alguien de costumbres tan simples como las suyas. La propiedad no era inmensa, pero era una casa construida para ser habitada por una familia. Contaba con dos dormitorios, una biblioteca y un estar, además de amplios espacios de cocina y baño.

Era la casa que sus padres habían comprado cuando aún eran relativamente jóvenes, mucho antes de la enfermedad de su madre. Había sido pensada para albergar a toda su familia. Ahora estaba solo. ¡Se sentía tan vacía! La angustia era indescriptible. Recuerdos, tantos recuerdos había allí. Había sido feliz en aquella casa. Recordaba los domingos de cuando aún era un niño, y ambos padres estaban entonces vivos. Su madre sonriente, permanecía en su recuerdo con una sonrisa luminosa, intensa, radiante, que obnubilaba sus sentidos de niño. ¡Estaba tan enamorado de ella! Luego al ser adolescente, ya en terapia, le habían explicado de qué se trataba el síndrome de Edipo, pero igualmente esa explicación no podía borrar los profundos y tremendos sentimientos que aún permanecían latentes en lo profundo de su ser. La amaba, con la absolutez y la intensidad con que un niño de seis años puede amar a su madre, ese ser misterioso, maravilloso, que lo creó, que lo alimentó, cuyo corazón y calor materno fue su alimento por mucho más que nueve meses.

Y se la arrebataron. Recordaba a su padre, muy serio, intentando hacerle comprender que mamá estaba en el cielo, que no la habían perdido para siempre, que un día volverían a estar con ella. ¿Y por qué no ahora? Preguntaba él, y veía aflorar lágrimas amargas en los ojos de su padre. Esa fue la única ocasión en que lo vio llorar. No porque el hombre fuera insensible, si no que después siempre le ocultó cuidadosamente esos momentos de debilidad, para no hacerlo sentir mal a él también.

Pero ese día, cuando su madre murió, estaba con la guardia baja. Y lloró, y le pidió que no dijera esas cosas, que era una desgracia, pero que mamá iba a estar bien, y que ellos debían estar bien y tener una buena vida; que eso es lo que ella hubiera querido.

Pero claro, había que hacerle entender eso a un pequeño de seis añitos. Y él no lo pudo entender, y su padre nunca consiguió explicarle cómo Dios podía ser a la vez tan bueno y tan malo. Su padre debió dejar de asistir a misa durante un tiempo, porque Demetrio comenzaba a lanzar alaridos encolerizados y la gente los miraba de reojo y hablaba por lo bajo. ¿Qué clase de Dios le quitaba a su madre a él, que era apenas un niñito? ¡Él quería a su mamá de vuelta, no las explicaciones del buenazo del párroco acerca del cielo y los ángeles y el paraíso! Así que hubo un tiempo en que no asistieron a la iglesia. Su padre, que a pesar de la rudeza de carácter lo amaba profundamente, se solidarizó con él, y le dijo que no iban a ir hasta que él pudiera perdonar a Dios por lo que había hecho.

Y así fue. Recién varios años después, cuando Demetrio ya rozaba la adolescencia, aceptó volver a la iglesia. Incluso tomó los sacramentos católicos. Pero nunca volvió a ser lo mismo. En el fondo, nunca perdonó a Dios lo que había hecho. Siguió sintiendo un profundo pesar, producto de lo que consideraba una injusticia divina. Pero volvió a pisar la iglesia, sobre todo por su padre, que ya entonces sufría una insalvable depresión, la que arrastraría hasta el día de su muerte.

Sintió entonces el peso de privar a ese hombre sufrido de su fé, de su esperanza de volver a reunirse con sus seres queridos, y en fin, de la práctica de su sencilla forma de entender la religión.

Volvió entonces, por solidaridad hacia él; o al menos eso creyó en aquel entonces. Horas de ardua terapia a posteriori le hicieron pensar que quizás lo había hecho no sólo por ello, sino también en un intento por comprender él mismo lo que había pasado, en definitiva, en un intento por perdonar a Dios, y por perdonarse a sí mismo, dado que todo niño a esa edad suele caer en la idea, comúnmente no del todo consciente, de que ha hecho algo malo, por lo que puede merecer lo que le ha sucedido; en este caso, no tener a su madre.

Suspiró, en tanto que recogía las cosas de la mesa y se iba parsimoniosamente en dirección a la cocina. Una vez todo estuvo limpio de nuevo, se dirigió a la mesa y tomando el diario que apenas había ojeado, se dirigió a la puerta que daba a la calle. El local de la zapatería estaba junto a la casa. Sin embargo, nunca habían hecho ninguna modificación para comunicar el mismo con su hogar. La noción de su padre de no mezclar negocio y descanso no incluía tener el negocio pegado físicamente a la casa. Sin embargo, no le permitía hacer un hueco en la pared del living que comunicase el local con la casa, por lo que toda la vida hizo esa voltereta que él ahora repetía para abrir el negocio. Salió por una puerta, y entró por la otra, y automáticamente salió del mundo privado de su hogar al mundo público del comercio.

Solía tener los picos de afluencia de clientes durante el mediodía y luego de finalizado el horario de oficinas, que eran los dos momentos en que sus clientes masculinos se hacían de un rato para comprar zapatos.

En cambio la clientela femenina, de por sí más reducida, afluía erráticamente al acercarse el fin de semana. Durante la misma, hijos y maridos ocupaban demasiado a las señoras como para elegir tranquilas un buen calzado de cuero.

Por eso Demetrio tampoco se sentía urgido de aprestar todo con extrema velocidad, dado que sus mañanas solían ser tranquilas. Abrió la puerta del local, prendió las luces interiores, y accionó el control eléctrico de la cortina metálica del frente. Con un leve chirrido metálico, señal evidente de que pronto debería aceitar el mecanismo, la cortina comenzó a subir.

A medida que la luz matutina ingresaba al local, las hileras de zapatos en las vidrieras a ambos lados del frente se comenzaban a distinguir. El lado derecho para el público masculino, y el izquierdo para el femenino. Recordaba la desconfianza de su padre cuando él le propuso modernizar el negocio. El local de su padre era eminentemente de reparación de zapatos, y de confección de calzados de cuero a medida. Era como una especie de sastre de los zapatos; un zapatero antiguo, en una palabra.

Sin embargo, los tiempos habían cambiado mucho, y el negocio estaba en un estado ruinoso. Su padre se lamentaba de que la gente ya no valoraba un buen calzado, y los clientes rehuían los rezongos amargados del viejo zapatero. Demetrio entonces tendría unos veinte años, y con la mirada fresca que a veces permite la juventud, le sugirió la posibilidad de transformar el negocio en una zapatería moderna, con vitrinas donde exponer variados modelos de calzado de cuero para hombre, y también para mujer.

Claro que eso implicaba dejar de ser un zapatero a medida, y remendón, para transformar el viejo oficio en un negocio de producción masiva de calzados, cosa que a su padre jamás se le hubiera ocurrido, acostumbrado como estaba a las viejas costumbres traídas de Europa, de los antiguos burgos, donde su familia había sido iniciada a ese oficio y lo había conservado de generación en generación como una forma privilegiada de ganarse el sustento.

Por supuesto que los tiempos habían cambiado; en aquel entonces la población laboraba en sus inmensas mayorías los campos de los señores feudales. Los que vivían en o cerca de los primeros burgos, eran en su mayoría nobles o hijos de nobles. Era la época en que recomenzaba esa aglutinación humana en grandes ciudades, y muchos, la inmensa mayoría de los plebeyos, estaba limitado a trabajar en la servidumbre o como ayudante de algún burgués. La leyenda familiar era que uno de sus antepasados le había salvado la vida a su patrón, un zapatero, y éste, en agradecimiento, lo había admitido como aprendiz suyo.

Muchos años después ese antepasado se había transformado en un maestro zapatero, y con ello había sacado a la familia de la servidumbre a que la mayor parte de las clases pobres estaban sometidas. En aquella época, en que la educación apenas si llegaba a algunos nobles, dado que incluso gran parte de ellos siquiera sabían leer y escribir, y donde el poder estaba concentrado en la posesión y explotación de la tierra, lo único que podía permitir a una familia plebeya salir de la esclavitud era exactamente eso; los oficios, muchos de ellos nuevos, o al menos reflotados con el nuevo auge de los burgos. Por supuesto siempre estaba el camino de las armas; pero en general era una opción que pocas cabezas pensantes tomarían voluntariamente, dado que en general la paga era mala y los riesgos, extremadamente altos para un pelafustán que, a diferencia de los caballeros nobles, que vestían pesadas armaduras y grandiosas armas de metal, apenas se tapaban con unos gruesos cueros curtidos y tenían por armas garrotes, lanzas de madera, hondas y otras armas de tipo mucho más primitivo y de un poder acotado.

Desde entonces, su familia había permanecido celosamente apegada al oficio, pasándolo de generación en generación. De vez en vez habían aceptado algunos aprendices de fuera, cuando alguna circunstancia excepcional lo ameritara, como cuando su bisabuelo al volver de la gran guerra en mil novecientos dieciocho aceptó como aprendiz a un compañero de trinchera, con el que había compartido momentos de vida o muerte en el frente de batalla. Pero en general, el oficio se transmitió dentro de la familia, hasta llegar finalmente a su padre y luego a Demetrio.

Desde apenas superada la más tierna infancia, cuando Demetrio tendría unos nueve años, su padre comenzó con él el lento proceso de aprendizaje, el mismo que sus antepasados habían hecho, y el mismo que su propio padre, el abuelo de Demetrio, había hecho con él.

Todos los días al volver de la escuela el niño pasaba por la zapatería, donde veía a su padre trabajar el cuero. Luego de un tiempo su padre comenzó a darle pequeñas tareas, que le hacía repetir hasta el más bochornoso hartazgo. Incluso hubo ocasiones en que el niño, hartado hasta la locura por lo reiterado y exigente de las tareas, se refugiaba llorando en la casa, buscando los brazos y el consuelo de la madre que no tenía. El padre lo dejaba ir, esperando pacientemente que su rabia y su dolor pasaran. Luego el propio niño volvía a la zapatería.

Pero esos brotes de rebeldía no hicieron mella en la voluntad de su padre de transmitir el oficio a su hijo. Poco a poco, dejaron de aparecer, y el joven Demetrio comenzó a llevar con diligencia las tareas que su padre le encomendaba. Con el tiempo, las tareas básicas del arte del zapatero fueron minuciosamente inculcadas en Demetrio, al punto que muchas las podría hacer incluso privado de la vista.

Luego todo cambió. Demetrio nunca comprendió del todo qué fue lo que pasó. Quizás su padre supuso haber llegado hasta donde debía con la educación del joven, quizás simplemente no lo pudo soportar más. Pero hubo un momento en que aquel viejo curtido en la guerra se rindió. Dejó de luchar. No hubo ningún signo visible de lo que sucedía, pero simplemente dejó de interesarse en la vida y en todo lo relativo a ella. Demetrio estaría entonces cerca de la veintena de años; ya había comenzado sus estudios de ingeniería civil, lo cual a pesar de no ser la tan deseada continuación de la zapatería, llenaba de orgullo a su padre.

Finalmente, un buen día recibió la llamada fatídica mientras se hallaba estudiando en la universidad. Lo fueron a buscar al aula. El decano en persona lo invitó a salir al pasillo, donde le informó que habían recibido un llamado para avisar que debía volver a su casa, dado que había habido problemas con su padre. Era evidente por la expresión del hombre que los problemas de su padre eran irreparables, pero el pobre tipo no se atrevía a darle al joven las peores noticias.

Demetrio, con un nudo de angustia atenazándole el vientre, salió apresuradamente en dirección a su casa. Al llegar, la ambulancia ya sacaba en una camilla una bolsa negra. De pronto sintió que las piernas le flaqueaban. Intentó decirles algo a los hombres que empujaban la camilla, pero sólo pudo darles una mirada alucinada, y unos balbuceos, antes de caer de bruces sobre la vereda.

Se apresuraron a socorrerlo. Abrió los ojos de golpe, recordando lo pasado justo antes de caer. Se puso de pie bruscamente, y tambaleándose se acercó a la camilla y la fatídica bolsa que había sobre ella. Los paramédicos lo miraban en silencio; no había palabras para ese momento. Uno de los hombres hizo un gesto como de disculpas, y abrió un tanto el cierre de la bolsa, empujando la misma a los lados con ambas manos.

El rostro de su padre lo miraba a la cara, fijamente, con ojos apagados, sin vida. Parecía mentira que ese objeto inanimado hubiera contenido el espíritu de su padre hasta hace apenas un rato. Asintió entre sollozos y se sentó en el piso. En tanto que el paramédico que había abierto la bolsa volvía a cerrarla y empujaba la camilla en dirección a la ambulancia, el otro intentó ayudar al joven; lo acompañó hasta dentro de su casa, donde un policía lo aguardaba para pedirle algunos datos y completar las formalidades de la muerte.

Luego supo que su padre padecía un cáncer terminal, del cual nunca le había dicho una sola palabra. El viejo se tragó su dolor, que a juzgar por lo que le explicaron debió de ser bastante, y se quedó a morir tranquilamente en su casa, rodeado de los recuerdos de su familia. Esa fue la muerte que buscó, la que eligió tener.

Fue entonces cuando Demetrio decidió que dejaría los estudios y volvería a aquella vieja zapatería, y que continuaría el legado familiar. No se sentía con ánimos suficientes como para cerrar o vender la zapatería; sentía que eso sería como traicionar la memoria de su familia. Tenía que seguir, ya encontraría luego la manera de terminar sus estudios.

Y allí estaba ahora, abriendo un nuevo día de trabajo en el local. Una vez la cortina estuvo levantada, y las luces encendidas, se acercó al mostrador y conectó la energía de la música ambiental, que sonaba a un volumen razonablemente bajo, apenas un murmullo agradable, y del aparato que, cada cierta cantidad de tiempo, lanzaba un perfume al ambiente, manteniendo todo el día un aroma suave y uniforme.

El día comenzó típicamente. La mañana bastante tranquila, apenas dejó entrever un puñado de mujeres que venían a por alguna nueva prenda de calzar para una fiesta, algún evento, o simplemente para sumar un nuevo par de zapatos. La mayor parte de ellas se tomó un buen rato dentro del local, mirando, probando diferentes opciones, hasta agotar las mismas y, en su mayoría, simplemente seguir camino. Solo un par de ellas finalmente compraron un par de zapatos. Así era siempre.

Cerca del mediodía comenzó a ingresar algo de gente al local, incluyendo muchos oficinistas que aprovechaban el almuerzo para solucionar sus problemas de calzado. En el caso de los hombres era distinto; la mayor parte de ellos simplemente miraba de un vistazo rápido la vidriera, elegía un par que le hubiera llamado la atención, lo probaba por si acaso la horma fuera muy ajustada o apretaba donde no debía, y casi todos terminaban comprando lo que probaron.

La diferencia sustancial no radicaba meramente en que las mujeres fueran más meditativas que los hombres, ni que los hombres fueran más ejecutivos que las mujeres. Demetrio lo sabía bien por los años de zapatero que cargaba a sus espaldas. La diferencia era que, por alguna razón, esencialmente cultural, las mujeres en general asumían esas idas de compras como una salida, como si de ir a comer a un restaurante, o caminar por el parque se tratara, y en consecuencia, las disfrutaban. A diferencia de los hombres, que en su mayoría veían esas idas a la zapatería simplemente como la manera de solucionar un problema de calzado. Y dado que no les producía un placer particular, si no la simple solución a un problema, lo resolvían como se resuelven todos los problemas; cuanto más expeditivamente, mejor.

Ese mediodía sin embargo fue algo distinto. En un momento en que había casi una docena de personas en el lugar, Demetrio comenzó a sentirse un poco mareado. Fue a sentarse entonces a la caja, a la espera de que el mareo cediera. Sin embargo éste no sólo no lo hizo, si no que luego de algunos minutos se había hecho más intenso aún. De repente, como en flashes, comenzó a vislumbrar diferentes versiones de lo que tenía enfrente. De repente escuchaba a uno de los hombres que le preguntaba un precio, de repente el hombre desaparecía y en su lugar una mujer le preguntaba si tenía otro color de un par de zapatos en particular. Varias veces la docena de personas desfiló frente al rostro alucinado de Demetrio. Se sentía desfallecer.

Y así como vino, de pronto el mareo se esfumó. Parpadeó varias veces, como si le costara enfocar. Luego de uno segundos pudo ver con claridad. Se paró de la silla frente a la caja. Uno de los hombres que miraba la vidriera se acercó a preguntarle un precio. Reconoció la escena como una de las que viera durante el mareo. Luego varias de ellas fueron apareciendo a lo largo de varios minutos, hasta que la hora del mediodía pasó y el local volvió a quedar vacío.

Demetrio temblaba de nervios. Los mareos habían sido realmente horribles, y la sucesión de coincidencias con la realidad sucedida luego de pasados los mismos, lo habían puesto en un estado de nervios en máxima tensión. Ahora que ya todo había pasado, se derrumbó en la silla de la caja, con una fatiga como para irse a la cama.

Y todavía faltaba el horario de salida de oficina, que era otra bomba de gente en masa entrando al local. Miró el reloj al tiempo que lanzaba un cansino suspiro. Ese día iba a resultarle mucho más largo de lo habitual.

Oriana despertó la mañana siguiente como si de cualquier otro día se tratara. Se dirigió a la cocina, medio tropezando somnolientamente en el pasillo, donde se preparó su desayuno habitual; té bien fuerte y sin azúcar, y un par de tostadas con mermelada. Ese día tocaba de durazno. Tenía una cierta variedad de mermeladas, todas ellas hechas con frutas orgánicas. Se las compraba a una amiga de la galería de arte.

Caminó nuevamente a su dormitorio con la bandejita del desayuno en sus manos. Antes de sentarse en la cama a desayunar, se fue hasta el baño, a lavarse la cara y cepillarse los dientes. Se miró al espejo mientras frotaba la pasta contra sus dientes. No se sentía distinta del día anterior. "Todo va a cambiar". Era lo que había dicho el doctor Livingston la noche anterior.

Se sentó en la cama, y desayunó pausadamente, al abrigo del cobertor, mientras hacía zapping por los canales de noticias, poniéndose al tanto de las últimas novedades alrededor del globo.

A diferencia de sus padres, que bufaban de solo toparse con un noticiero en la televisión, ella realmente se divertía con esos programas. Le parecía cómicamente bizarra la forma en que aquellos programas mezclaban noticias del peor y más cruento morbo con lo más trivial e intrascendente del globo.

Podían hablar de un incendio en que murieron carbonizadas docenas de personas, con imágenes del fuego e imágenes parciales, inteligentemente acotadas por el canal, de los cadáveres de las víctimas, y a continuación mostrar cómo el presentador pasa de un gesto de conmiseración y consternación a la mejor de sus sonrisas, para anunciar la siguiente noticia; el nacimiento de un nuevo osezno en el zoológico local.

Por supuesto que ella comprendía que las noticias de muerte y accidentes no eran para reírse, claro. Era una discusión que se había suscitado en más de una ocasión con sus padres. Ella no disfrutaba del dolor ajeno. Simplemente se daba cuenta de que reírse o no del programa de noticias no iba a cambiar en nada el hecho de que esos dramas humanos habían sucedido. No tenía sentido sentirse culpable por reírse del programa televisivo que mostraba esas noticias. Sin embargo sus padres no pensaban igual, y a veces se enojaban con ella ante lo que ellos percibían como una falta de respeto por el dolor humano.

Una vez bebió el té y terminó con las tostadas, se quedó aún unos minutos mirando las noticias. Finalmente, y sin ningún apuro, se puso unas ropas de entrecasa y fue al living a saludar a sus padres, que seguramente ya estarían hacía un buen rato tomando té en el sofá del living y leyendo la media docena de periódicos a los que estaban suscriptos.

En eso se hallaban cuando ella apareció en el living. Ambos estaban sentados enfrentados en sendos sofás, en medio de los cuales una pequeña pila de diarios, que compartían, se apoyaba sobre una mesita baja de madera oscura. Al lado de los periódicos, una tetera aún humeante contenía algo de té, aunque a esas alturas Oriana sabía muy bien que ya no quedaría prácticamente nada, si no es que ya iban por la segunda tetera.

Ambos levantaron la vista de sendos periódicos que ojeaban cuando Oriana apareció en el living. Su madre le dirigió una sonrisa breve y señaló la tetera, por si acaso quería más té. Su padre se limitó a dirigirle una breve mirada, acompañada de un indefinido gruñido a modo de saludo. Luego ambos continuaron leyendo sus noticias.

Ella se aproximó al sofá de su madre, y sentándose, se sirvió un poco de té. Ojeó brevemente los diarios. Casi lo mismo que en las noticias en la tevé. Pero al menos en los diarios uno tiene la opción de ser selectivo con lo que lee; no es la noticia que lo elige a uno, si no uno que elige a la noticia. O al menos ese era el parecer de sus padres, alérgicos al noticioso de tevé, y suscriptos rabiosamente a media docena de periódicos en papel.

Algo de verdad había respecto a que el enfoque era distinto. El canal de noticias decide el tipo y orden de las noticias que van a salir al aire. El tiempo es limitado, y el interés de los anunciantes también, por lo que es bastante complicado el proceso de selección. Además, por el formato mismo de la tevé, las noticias salen necesariamente secuenciadas una detrás de la otra, por lo que en general quien mira un programa de noticias debe de verlas todas, en el orden en que aparecen.

El diario impreso tiene también sus anunciantes, pero a la vez tiene bastante espacio impreso donde publicar, en diferentes tamaños y detalle, muchas más noticias que un programa televisivo. Además, también por su naturaleza intrínseca, el papel permite que el lector "navegue" las páginas del diario, eligiendo las noticias que llaman su atención, descartando así una gran parte de las que no. En el caso del lector de periódico, es mucho más fácil, y de hecho más común, que no lea todo el diario, sino solo determinadas secciones o noticias que le hayan interesado.

Ella prefería, a pesar de todas esas razones, las noticias de la tevé. Alguna vez había pensado en ello, y su parecer había sido que las noticias de tevé eran algo más "femeninas" que las escritas. Esto en el sentido de que el televidente tiene una disposición pasiva hacia el programa, es decir, que "recibe" las noticias. Esa actitud más bien femenina es la que ella suponía le resultaba atrayente de la tevé. En cambio el lector de periódico, necesariamente tomaba una actitud "masculina" en el sentido de que éste era el que debía activamente elegir y luego leer la noticias que se hallaban impresas.

Bebió una taza de té en la silenciosa compañía de sus padres, que aún no terminaban su ritual matutino de lectura de noticias, y luego volvió a su dormitorio, donde parsimoniosamente procedió a elegir la ropa con que iría a la galería ese día. Luego de revolver un buen rato la ingente cantidad de prendas en su vestidor, se decidió por un conjunto de lo más simple; un conjunto de bambula, pantalón en un tono indefinidamente verdoso, moteado de múltiples tonalidades, y una camisola de un blanquecino con toques de gris. No se podría decir que su vestir era convencional. Completó el conjunto con una carterita diminuta de finísimo hilo.

Al salir pasó nuevamente por el living y saludando a sus padres con un beso, se dirigió a la calle. Recorrió el pasillo que daba acceso al departamento, el cual mostraba una serie de fotos de familia; adustos ancestros en blanco y negro la miraban pasar. Siempre le había parecido de muy mal gusto esa costumbre familiar de tener a todos los familiares fallecidos colgados del muro que daba acceso a su hogar, como si de un club de caballeros se tratara, de esos que tienen un muro con los rostros de todos sus presidentes desde su fundación.

Finalmente salió del departamento al pasillo del edificio. No hubo de esperar mucho hasta que uno de los tres ascensores abrió sus puertas. El edificio tenía además otro ascensor en el ala trasera, que era para el personal de servicio. Algo que se estilaba hacer en ese tipo de edificios para personas pudientes. "Así los señores del lugar no deben mezclarse con la chusma". Pensó ácidamente Oriana.

No tardó demasiado en bajar, dado que su hogar quedaba apenas en el primer piso. Al salir del ascensor saludó al portero, un hombre bajito y bastante entrado en años, que le contestó con una amplia y franca sonrisa. Le caía bien esa muchacha sencilla, sin los prejuicios de la mayoría de los otros habitantes del edificio. Le abrió la puerta para que saliera y le deseó que tuviera un buen día.

Ella caminó tranquilamente hasta la esquina, donde la avenida Quintana le permitiría conseguir un taxi en poco tiempo. Al cabo, ya arriba del vehículo, y luego de indicarle al chofer la dirección de la galería, sacó su celular de la cartera para llamar a una de las chicas de la galería, para avisar que estaba de camino.

La galería quedaba apenas a no más de veinte manzanas de su casa, por lo que en cuestión de unos pocos minutos el coche paraba frente al local. Por fuera no decía mucho; un frente con vidrios ahumados, que no permitían ver lo que había dentro, y apenas un escueto cartel pintado sobre el vidrio mismo que rezaba "Galería de artes Pax". Pagó el coche y bajó con gesto alegre, dispuesta a saludar a su amiga Paz, la dueña del lugar.

Pero en cuanto ingresó al local se sintió un poco rara. Se acercó la chica con que había hablado minutos antes por el celular para decirle que Paz no iba a ir ese día al local. Ella asintió un tanto distraída, en tanto buscaba con la mirada el dispenser de agua. Caminó en su dirección, pero antes de llegar al mismo se sintió un poco mareada. Comenzó también a dolerle un tanto la zona media del abdomen. Era una sensación poco común, como si alguien le clavara una aguja en el ombligo.

El mareo seguía en progreso, y hubiera caído probablemente al suelo, si un hombre no la hubiera sostenido en el momento justo. Ella levantó la vista y lo miró. Tendría cerca de cincuenta años. Bien vestido, con un ambo impecable y una camisa celeste adornada con una corbata negra. La miró con insistencia, hasta hacerla sentir incómoda. Oriana bajó la vista.

- Muchas gracias, señor ¿Nos conocemos de alguna parte?-

- Temo que no hemos tenido el gusto.- Contestó el hombre con voz bien timbrada, seguro de sí.- Mi nombre es Alfredo, pero imagino que ya lo sabías ¿Verdad?-

Ella volvió a dirigirle un gesto de extrañeza. El hombre chasqueó la lengua, con una expresión de sorpresa en el rostro.

- Comprendo. Debes de ser nueva en esto...- Musitó el hombre. Hizo una pausa, para luego espetarle con gesto repentinamente adusto.- ¿Eres una portadora?-

Ella abrió muy grandes los ojos. Con que eso era. Recordó lo que le habían dicho acerca de cómo reconocerse entre videntes. Pensó lo más velozmente que pudo en un número. Se acercó al oído del hombre y cuando iba a decirle la cifra él le tomó la mano con fuerza y le espetó severamente.

- ¿Está usted loca? ¡Aquí no!- Siseó entre dientes. Luego suspiró, aflojando la presión en la mano de ella.- Voy a subir al piso alto; allí hay un balcón donde normalmente no hay nadie. Espere unos minutos y sígame.-

Dicho esto, el hombre que se había presentado como Alfredo sonrió y, dando media vuelta, caminó tranquilamente por la sala. Miró algunas obras, charló brevemente con un par de personas, y luego, parsimoniosamente, subió las escaleras.

Oriana sentía las sienes aún palpitar luego de la tensión. Ese hombre la había hecho temblar de miedo, cuando se puso tan violento al intentar ella el reconocimiento. En realidad, no estaba muy segura de querer subir esas escaleras. Se acercó a una mesa donde se servía champagne, y tomó una copa.

Ese sabor especial del extra brut la reconfortó, ayudando a aflojar la tensión que había sentido unos minutos atrás. Quizás no era el tipo más amable del mundo, o el más simpático, pero en definitiva el hombre se asustó tanto como ella cuando intentó identificarse. Era lógico, supuso. Bueno, quizás habría exagerado un poco sus impresiones acerca de él a causa del susto. Después de todo, antes de eso se había mostrado sumamente educado y amable. Podría darle la oportunidad a aquel tipo. Además, era increíble que el día siguiente de haber descubierto el don ya se encontrara fortuitamente con otro portador. ¿Qué círculo frecuentaría? ¿Cómo la había reconocido tan rápido, siendo que ella no notó nada? Con esas preguntas dando vueltas en su mente, Oriana finalmente tomó valor, y se dirigió a la escalera, a reencontrarse con Alfredo.

El hombre la esperaba en el balcón, tal y como había prometido. Sostenía una copa de champagne que había tomado antes de subir, la cual estaba ya casi vacía. Cuando ella salió al balcón, él le dirigió una sonrisa amistosa, invitándola con un gesto de la mano a acercarse a la baranda del balcón, donde él se hallaba apoyado de espaldas.

- Muy bien señorita, muchas gracias por acceder a continuar nuestra charla aquí. Espero no haberla hecho asustar con mi actitud allí abajo. Además, supongo comprenderá el motivo, muy bueno por cierto, de la misma.-

- Comprendo. De paso, mi nombre es Oriana.- dijo ella con cierto toque de picardía.- allí abajo no me presenté.-

- Mucho gusto de conocerte Oriana.- Sonrió el hombre.- Bien, si no te molesta, te voy a pedir que continuemos con lo que estábamos allí abajo.-

Ella se puso seria. Nuevamente hizo el esfuerzo de visualizar en su mente un número de una cantidad considerable de cifras. Le llevó varios segundos, que parecieron una eternidad, para poder fijarlo en su mente. Una vez conseguido eso, se acercó al oído de Alfredo y le dijo la primera cifra, a lo que el hombre retrucó inmediatamente la segunda. Ella entonces dijo la tercera y él la cuarta. De pronto ambos en ráfaga lanzaron todas las cifras remanentes del número. Ella quedó atónita ante la celeridad con que las cifras salieron de su propia boca, casi como si una fuerza extraña a ella las hubiera expelido de su cuerpo. Él le dedicó una sonrisa burlona.

- ¿Primera vez, eh?-

- Sí.-

Se limitó a decir con una sonrisa avergonzada. De repente recordó lo que había pasado abajo y las preguntas que quería hacerle a aquel hombre.

- Alfredo ¿Cómo pudiste reconocerme allí abajo? Yo no me di cuenta de que pasara nada especial...-

Hizo silencio, y de pronto cayó en la cuenta. Entonces él rió.

- ¿Acaso no te sentías muy mareada, y con una vaga punción en la zona abdominal, como si un elemento punzante te estuviera pinchando el ombligo?- Ella lo miró sorprendida de la exactitud de su descripción.- Mi querida Oriana, esa sensación que tuviste, eso, es el primer signo del reconocimiento. No te preocupes por el dolor, con la práctica se irá atenuando y la sensación te llegará de manera menos violenta para tí.-

Ella iba a preguntarle a qué círculo concurría, dónde poder verlo nuevamente, y un sinfín de otras preguntas, pero en ese momento un ruidoso grupo de jóvenes salió al balcón a fumar. Él le regaló una última sonrisa.

- En otro lugar, en otra ocasión. Debo irme. Buenas noches.-

- Buenas noches.- Saludó ella decepcionada de la finalización anticipada de tan extraña reunión. El hombre salió del balcón a paso rápido, tanto que para cuando ella entró al piso alto de la galería, él ya había desaparecido. Dando un fuerte suspiro, se dedicó a ver el resto de la exhibición.

X

El tiempo corrió como un río embravecido, y antes de que pudieran darse cuenta, ya una semana había pasado, y el doctor Livingston los había llamado a ambos a concurrir a una nueva reunión del círculo.

Oriana y Demetrio volvieron a encontrarse en la puerta de aquel local. Ella llegó la primera, como la vez anterior. Él sonrió al verla en la vereda, como si lo estuviera esperando, y se acercó a saludarla.

- ¿Cómo estás, querida Oriana?- Saludó él, afable.

- Muy bien en verdad ¿Cómo andan las cosas en tu caso?-

- Supongo que bien.-

Ambos callaron unos instantes. Aún era de día. En el interior del local, Miguel estaba detrás del atril dando una de esas largas charlas existenciales a las que apenas un miserable puñado de personas asistía. Demetrio aún no estaba seguro de si esas charlas realmente significaban algo o simplemente eran una especie de pantalla para las verdaderas actividades, las que sucedían en el cuarto de atrás del local.

- ¿Cómo te has sentido esta semana que ha pasado desde que nos vimos? ¿Algo peculiar?- Preguntó Oriana con interés.

- La verdad es que ha sido, con toda probabilidad, la semana más extraña en lo que llevo de vida.- Ella arqueó las cejas expresivamente y Demetrio sonrió.- He tenido en reiteradas ocasiones accesos de mareo, en los cuales he podido vislumbrar múltiples secuencias de sucesos posibles, incluso hilar varias secuencias de eventos, como si estuviera prediciendo el árbol de posibles jugadas de una partida de ajedrez.- Hizo una pausa.- Lo lamento pero me resulta complejo de explicar, no sé si consigo expresar la idea.-

- Lo consigues. A mí me ha estado pasando algo similar.-

Ahora el turno de arquear pronunciadamente las cejas fue de él. Oriana rió.

- Pues bien, luego, finalmente sólo un camino de todas las opciones que vislumbré se concretó en la realidad, pero como había visto varias acciones encadenadas, era como vivir un mega deja vu...-

Hicieron silencio unos momentos. Oriana pensaba en lo distintos que eran, y lo distintas que eran sus experiencias respecto del don. Ella no había visto múltiples caminos. Sin embargo, también tenía sus experiencias especiales de esa semana para compartir con el joven.

- En mi caso me sucedió algo extraño. Al día siguiente de nuestra última reunión aquí, me levanté como todos los días. No sentí nada especial, hasta que un par de horas luego de despertarme, me fui a la galería de arte donde expongo mis obras junto con unas amigas.- Hizo una pausa y, cerrando los ojos, intentó situarse en ese día, y religar los sentimientos de aquel momento.- Al poco de ingresar al local de la galería, comencé a sentirme un poco mareada. El mareo no cedía. En el lapso de apenas uno o dos minutos, estaba tan mareada que apenas podía mantenerme en pie. Cuando pensé que no aguantaba más, y ya veía venir el piso hacia mí, un hombre me sostuvo fuertemente del brazo. Al poco el mareo cedió. El hombre se presentó como Alfredo. Le pregunté si nos conocíamos, dado que me miraba de una manera extraña, a lo que dijo que no, y dijo algo que me llamó la atención.- Hizo un esfuerzo por recordar las palabras que había usado.- Dijo algo como que de todas maneras yo ya sabía su nombre. Yo me lo quedé mirando con gesto tan perdido que el hombre sonrió y dijo que debía de ser nueva en esto. "¿Qué es esto?" Pensé, pero al instante comprendí que debía de referirse al don. Tontamente intenté identificarme allí en medio de toda esa gente, y el hombre se asustó y me cortó severamente en mi intento, y me dijo que nos reuniéramos en un lugar más apartado. Allí me explicó que ese fuerte mareo, que además estaba acompañado con una presión en el abdomen, como si alguien introdujera una aguja en tu ombligo, era una señal de reconocimiento, que así era como los videntes pueden reconocerse entre sí sin mediar palabra. Luego viene el reconocimiento con la cifra numérica, que es más como una reconfirmación.-

- ¡Asombroso! No nos habían anticipado nada de eso. De hecho, ahora que lo mencionas, es raro. La semana pasada no recuerdo habernos sentido de esa manera.-

- Es verdad. Igualmente agradezco no haberme sentido así. No es para nada agradable. Pensé que me moría...-

Se quedaron nuevamente en silencio unos instantes, mirando a través del vidrio los ademanes y demás gestos con que Miguel trataba de interesar a su escasa y pobremente motivada audiencia.

Decidieron que era ya era suficiente espera allí afuera. Demetrio le lanzó una mirada inquirente, señalando en dirección a la entrada, y ella aceptó con un leve asentimiento. Haciendo ampuloso gesto caballeresco con la mano, invitó a Oriana a que entrara en primer lugar al local. Al ingresar notaron el ya conocido aroma a incienso, emanando de los incensarios ubicados en las esquinas del local.

Fueron a sentarse en un par de sillas sobre el final de las que estaban dispuestas para el auditorio de esas charlas. Dado que aún faltaba un rato para la hora pactada, decidieron quedarse a oír la charla con que ese día Miguel regalaba a sus oyentes.

- Cogito ergo sum, decía Descartes.- Miguel estaba entusiasmado con la charla, tanto que parecía no haber notado la presencia de los jóvenes en las sillas de atrás.- Y con esa premisa básica sentó las bases del racionalismo, que a su vez cimentaría la filosofía y la ciencia modernas.-

Hizo una pausa breve, como recordando algo.

- Pero ese planteo grandioso de Descartes se fue diluyendo con el tiempo, dada la tristemente célebre tendencia del ser humano a ser, si los católicos apostólicos romanos aquí presentes me perdonan la expresión, <<más papistas que el propio Papa>>. Así, con el pasar del tiempo, y no mucho por cierto, los racionalistas, o al menos un grupo predominante de ellos, llegó al materialismo extremo, con una visión tan corta del mundo que amenaza con extinguir el conocimiento verdadero. Este pensamiento, que postula la existencia intrínseca de la materia, independientemente de la conciencia, contestaría <<Sí>> al problema de si un árbol hace ruido al caer en el caso de que nadie hubiera allí para oírlo.-

Hizo una pausa y tomó un sorbo de agua del vaso que tenía sobre el atril.

- Pero luego ya en la más cercana modernidad, la física cuántica se ha encargado de demostrar que las realidades varían, dependiendo del observador, fenómeno que ha sido como un sacudón violento a todas esas ideas estancadas y carentes de espiritualidad en que la ciencia se había atascado. De pronto la ciencia ha redescubierto esa forma de ver el mundo y la naturaleza que tenían los antiguos investigadores. Creo que quien mejor ha descrito eso es Albert Einstein cuando dijo algo así como: <<La más bella y profunda emoción que nos es dado sentir es la sensación de lo místico. Ella es la que genera toda verdadera ciencia. El hombre que desconoce esa emoción, que es incapaz de maravillarse y sentir el encanto y el asombro, está prácticamente muerto. Saber que aquello que para nosotros es impenetrable realmente existe, que se manifiesta como la más alta sabiduría y la más radiante belleza, sobre la cual nuestras embotadas facultades sólo pueden comprender en sus formas más primitivas. Ese conocimiento, esa sensación, es la verdadera religión.>>.-

Miguel redondeó un poco más la idea de la ciencia unida a la espiritualidad, y luego cerró la charla, deseando a todos unas muy buenas tardes, e invitándolos a la siguiente charla relativa al mismo tema, que se llevaría a cabo la semana siguiente; mismo día y misma hora. Sus oyentes, levantados como resortes de sus asientos, comenzaron a salir del local, en tanto Miguel tomaba el vaso con agua del atril y se sentaba en la primera fila, con aspecto macilento.

- Debe ser realmente todo un desafío pararse allí

semana a semana a disertar de temas tan profundos e intensos a un puñado de personas que parecerían venir apenas para matar el tiempo.- Dijo Demetrio en tanto se acercaban a la silla donde miguel, con la cabeza inclinada, miraba el vaso que sostenía en sus manos, pensativo.

- Es desafiante, lo reconozco, pero, de vez en vez, aunque sea muy de vez en vez, noto que hay gente a la que el mensaje le llega fuerte y claro. Gente que, cuando sale de aquí luego de alguna de mis charlas, se sintió afectada, e irá y buscará y encontrará información y modificará aspectos de su vida, y todo comenzó aquí, en una de estas charlas. Por más que apenas uno sólo lo haga en la masa de todos mis oyentes, mi objetivo estará cumplido. No tengo palabras para expresar la emoción que siento cuando descubro a uno de ellos, uno de los que se van de aquí llenos de preguntas. -

- ¿Preguntas o respuestas?- Preguntó Oriana.

- Preguntas, mi querida joven, siempre son preguntas. Lo importante está en preguntarse. Las respuestas no son tan importantes. Incluso pueden ser distintas para cada persona. Esto es como la meta y el camino. Importa más el camino que la meta, y con las preguntas es igual. Para ser un verdadero transmisor de conocimiento, lo que algunos llamarían, aunque a mí me desagrada el concepto, un "maestro", es necesario ganar la habilidad de transmitir a los oyentes apenas atisbos de lo que uno realmente desea comunicar, pero con la cuota de misterio y maravilla suficiente para que despierte el interés del que escucha. O sea, lo que hace a un verdadero maestro, es la habilidad para generar la pregunta. El resto es tarea del que recibe.-

- ¿Y qué pasa si el que recibe no consigue generar la pregunta?- Inquirió Demetrio.

- Bueno muchacho, uno puede insistir, probar alguna alternativa de acercamiento al tema, pero en definitiva, y ésa es quizás la lección más dura para cualquier maestro, existen los casos en que por desgracia ningún esfuerzo salvará la distancia entre aprendiz y maestro, y es menester para éste último saber cuando es necesario detenerse, cuando soltar la mano si se detecta que del otro lado no hay la capacidad de asirla con la fuerza requerida.-

- Imagino que no debe ser nada fácil hacer eso que dices, Miguel.- Terció Oriana.- De sólo imaginarlo me produce un principio de angustia. Debe ser muy triste tener que dejar ir por la senda errada a un aprendiz, a pesar de que uno sabe que es errada, y por más que sea evidente al maestro que no está en las circunstancias el poder hacer otra cosa.-

- Claro que sí, hija, es una pena dolorosísima. Afortunadamente para mí, no lo he tenido que hacer en muchas ocasiones, pero te aseguro que las recuerdo todas.- Suspiró con un dejo de amargura.- Verán, es que, como en todos los demás aspectos de la vida, las cosas buenas suelen ser mayoría, y uno no las recuerda una por una. Pero las malas, las feas, las que duelen, aquellas que nos marcan y nos empujan al cambio, ésas con las que más recordamos.- Hizo una breve pausa, y sonrió, recuperando su aspecto afable.- Pero como dice la oración de la serenidad, <<Dios mío, dame la serenidad de aceptar las cosas que no puedo cambiar; valor para cambiar las cosas que puedo; y sabiduría para conocer la diferencia>>.-

En ese momento Roberto apareció por la puerta que comunicaba con la sala de reuniones del círculo, y llamando la atención de Miguel con señas, le indicó con un gesto que todo estaba listo. Miguel asintió, y Roberto se volvió nuevamente a la otra sala.

- Jóvenes, la sala está lista para la reunión de hoy.-

Dicho esto procedió a levantarse algo trabajosamente, y se encaminó al fondo del local, detrás de la cortina de donde hacía unos instantes Roberto había salido para llamarlos, seguido de cerca por ambos.

Al entrar en la sala, notaron que el clima ya estaba preparado para la ocasión; la luz tenue, el incienso en el aire, los pequeños almohadones en el suelo, sobre la mullida alfombra que ocupaba el centro de la sala.

Algunos de los otros miembros del círculo ya estaban allí. Elsa fumaba tranquilamente uno de sus aromáticos cigarrillos turcos en un banco a un costado de la sala, acompañada por Ana, que se mantenía en una posición recta, con las manos en el regazo y los ojos cerrados, como si estuviera meditando.

Livingston y el **Padre** Angelo charlaban animadamente en el banco enfrentado a aquel, mientras que Roberto aguardaba pacientemente al lado de la puerta. Sólo faltaban Ignacio y Marina. Saludaron a todos al entrar.

- ¿Llegaron hace mucho?- Preguntó Miguel a Roberto.

- Apenas hace unos minutos. Sólo Ana está desde hace ya un rato, cuando comencé los preparativos.-

- Excelente.- Y mirando a los jóvenes que lo acompañaban.- No me gusta que estén esperando demasiado a que termine mis charlas. Es responsabilidad mía más que de ninguno estar aquí a la hora convenida para nuestras reuniones.-

- ¿Pero por donde entraron? Nosotros estuvimos allí fuera más que unos minutos y no vimos entrar a nadie...- Inquirió Demetrio.

Miguel sonrió afablemente, en tanto que miraba a Roberto y asentía con la cabeza.

- Roberto les enseñará la puerta alternativa, en caso que deseen utilizarla o en que en algún momento les resulte necesaria.-

Entonces el hombre caminó hacia uno de los laterales del cuarto, y corriendo una de las cortinas, apareció otra puerta, que abrió y poniéndose a un costado de la misma, invitó a ambos a pasar.

Al cruzar ese umbral se hallaron en un pasillo algo angosto y húmedo, con un olor como a musgo todo alrededor, que les trajo a ambos recuerdos del día de su iniciación. Roberto los miró de reojo, y lanzó la carcajada.

- Sí, antes de que pregunten, éste es el lugar al que los trajimos cuando su iniciación. Hacia aquel lado.- Indicó en la dirección del pasillo que llevaba a la calle.- Está la otra puerta de ingreso, que pueden usar en lugar del ingreso por el local. Es fácil de identificar; es la puerta que está justo al lado del local, a la izquierda, mirando de frente. No hay error posible. Tiene un único timbre. Toquen tres timbrazos cortos, una sola vez, y esperen. Serán atendidos con toda seguridad.-

Se giró en redondo y comenzó a caminar en la dirección contraria.

- Hacia este lado se encuentra la sala de descanso, o cámara de reflexiones, que es el lugar donde tenemos los ataúdes de plomo que utilizamos para nosotros y para las iniciaciones.-

Caminaron hasta una puerta de hierro, la cual Roberto abrió con un chirrido metálico, idéntico al que sintieran cuando habían sido llevados a ese lugar una semana atrás. La habitación era oscura, con un vago olor a rancio, a viejo. La sala en sí estaba totalmente despojada de todo tipo de mobiliario o adorno. Dos lámparas eléctricas de muy baja potencia, en las paredes laterales a la puerta, apenas iluminaban con una luz mortecina el ambiente. En el centro de la sala, cuatro ataúdes de plomo descansaban sobre peanas, lo suficientemente bajas como para que uno pueda sentarse dentro sin gran esfuerzo.

La sensación del ambiente era un tanto escalofriante. Oriana sentía un poco de aprensión contemplando aquel lugar. Roberto, apercibido de ello, le puso una mano en el hombro y le dijo en tono suave y amable.

- Querida Oriana, no hay nada que temer. El aspecto de la sala, aunque evocador de la finitud, no es más que accidental, dado que su propósito es muy distinto de ello.-

- ¿Y cuál es ese motivo?- Preguntó Demetrio con interés.

- El motivo es poder obtener paz mental, en el sentido más absoluto de la palabra, aunque dentro de límites humanos. Para ello, ningún adorno debe alterar nuestro ánimo, así como una luz potente no debe excitar nuestros sentidos. Por eso el único mobiliario de la habitación son los ataúdes mismos, que son utilizados precisamente para obtener el máximo posible de calma. Dentro, casi ninguna onda puede atravesar, por lo que nuestra mente se ve libre de todo tipo de perturbaciones. Es allí donde se puede alcanzar la calma.-

Al darse cuenta de que aquellos nuevos hermanos aún no habían tenido oportunidad de conocer todos los detalles de su don, les hizo una aclaración adicional.

- Tengan en cuenta que hay momentos en la vida de un vidente en que, por diversos motivos, puede ser estrés u otras tensiones mentales o espirituales, el don se desboca, y uno se ve, y se siente, como atacado por el mundo exterior. El don no para por un instante de dispararse en la mente del vidente, y la única manera que hemos hallado de disipar esos estados extremos de alteración, es pasar un tiempo en el cerrado santuario de estos ataúdes.- Miró a Oriana.- Sí, querida Oriana, me doy cuenta de la impresión que te provoca la vista de este lugar. Pero si puedes quitar de en medio todos los preconceptos adquiridos social y culturalmente, vas a notar que la mayor parte, si no toda tu aprensión, desaparece. El hecho de que sean ataúdes es meramente accidental. La verdad es que es la manera más sencilla de conseguir una caja de plomo en qué meterse cuando la mente está muy saturada.-

Oriana asintió con una media sonrisa. Comprendía las explicaciones de Roberto, pero le costaba mucho eliminar de su mente la idea de que era precisamente un ataúd lo que debía utilizar un vidente para poder descansar. La imagen era sumamente elocuente. Demetrio pareció tener la misma impresión.

- O sea que, metafóricamente hablando, el único lugar donde un vidente puede verdaderamente tener descanso es en un ataúd.-

Lanzó Demetrio, y Roberto soltó una fuerte carcajada. Ignacio apareció entonces en la puerta de la sala.

- Hermanos, el círculo está completo. Podemos

comenzar.-

- Demetrio, verdaderamente me has hecho reír con esa chanza, pero es de verdad muy serio lo que les contaba. No es por ser un pájaro de mal agüero, pero como a todos los videntes, ya llegará un momento en que tendrán necesidad del cajón de plomo, y recién entonces quizás comprenderán toda la dimensión de la bendición que implica el poder utilizarlo.- Señaló la puerta, donde Ignacio ya había desaparecido nuevamente.- Vamos, nos están esperando.-

La sala estaba ya en penumbras, con un fuerte vaho de incienso todo alrededor. El resto de los integrantes del círculo ya habían tomado posiciones en los pequeños almohadones sobre la alfombra central. Miguel se hallaba a la cabeza, como la vez anterior. Sólo quedaban tres espacios vacíos, que fueron ocupados por Roberto y ambos jóvenes. Entonces Miguel extendió las manos, de la manera en que lo habían hecho la reunión pasada; el brazo derecho, pasando sobre el izquierdo y en esa misma dirección cruzado sobre el pecho, tomaba la mano izquierda de la persona de al lado, a la vez que se hacía lo propio con la otra mano, formando de esta manera una especie de cadena humana.

- Queridos hermanos, demos gracias a la providencia que ha permitido que hoy podamos todos reunirnos aquí a efectuar nuestros trabajos de perfección. Tomemos unos instantes para mentalmente agradecer a nuestra idea de la divinidad por estar vivos, y seguir teniendo la posibilidad de ser mejores día a día.- Principió Miguel.

Todos hicieron un profundo silencio. Oriana se sintió conmovida por lo simple a la vez que profundo de tamaña tarea que se le pedía. Agradecer a Dios por estar viva y poder aún mejorar como ser humano. Hizo un esfuerzo por emitir desde su interior una expresión de gratitud hacia Dios. Aunque sonaba cursi a su oído interno, ella estaba perdida, pero sentía que con aquella gente había hallado la luz.

Demetrio a su vez pensaba en lo profundo y difícil de la tarea encomendada. El no creía en un dios personal como mucha otra gente. "Pero en definitiva, es lo mismo, sea a una entidad personal o a una que no lo es, realmente me siento contento de estar vivo, y se lo agradezco a quién o qué sea que me ha permitido hoy vivir y tener la oportunidad de seguir aprendiendo y de ser, cada día, un mejor ser humano."

- Muy bien hermanos, ahora, dediquemos unos instantes a transmitirnos entre nos los mejores deseos de buena salud y de amor fraterno, usando como ejemplo al galileo cuando decía <<amaos los unos a los otros, como yo os he amado>>. Amémonos entonces, como hermanos todos entre nos, como verdaderos hijos del mismo padre Dios, sea éste el que sea según nuestras concepciones religiosas.-

Ambos jóvenes sintieron una fuerte impresión ante las palabras de Miguel, no sólo por ellas mismas, sino por el profundo, honesto tono de dulzura con que las había pronunciado. Pronto ambos sintieron un calor increíblemente intenso en ambas palmas. Se concentraron ambos en generar pensamientos de amor y buena salud para todos los allí reunidos. Demetrio miró a Oriana, y notó que lloraba profusamente en tanto ejecutaban ese acto de dar amor. Para asombro del propio Demetrio, notó que él también lloraba. Era una sensación increíble, casi como de estar en el seno de algo más grande que los protegía.

- A los nuevos hermanos, les informo que esto que han sentido ahora, tan intenso y gratificante, un sentimiento de cálido amor y protección, como si uno se hallara en el seno materno, ese es el espíritu, el egregor del círculo; es la energía de buenos deseos y amor que hemos hecho recorrer el círculo. Esa energía nos nutre a todos de amor. Es muy beneficiosa, y por ello en todas las reuniones se realiza esta práctica sin excepción.-

Ambos jóvenes miraron en dirección a Miguel, y notaron que también tenía algunas lágrimas sobre el rostro, lo cual les causó sorpresa. Recorrieron entonces con la vista el resto del círculo, y notaron que la mayor parte de los integrantes tenían algunas lágrimas sobre sus mejillas.

- Son de felicidad, hermanos, una felicidad que sólo da el sentirse cobijado, protegido de las asperezas del mundo, como un niño cuando está en brazos de su madre.-

Les aclaró Miguel, que los miraba atentamente.

- Muy bien, en el orden del día de hoy, el tema que ha sido aprobado es <<dar derechos civiles a edad cada vez más temprana a la vez que educamos cada vez peor y tardamos más tiempo en madurar.>>. El tema fue propuesto la circulación pasada por Elsa, y aprobado por todos los presentes. A los nuevos hermanos les informo que la modalidad de trabajo va a ser la siguiente: una vez se los indique comenzaremos a circular el tema, primero con todo pensamiento o idea negativa que tengamos acerca del mismo. Para ello, en orden y comenzando por mi izquierda, uno a uno iremos diciendo brevemente un único pensamiento o frase respecto del tema, que nos parezca negativo. La palabra circulará en ese sentido hasta llegar nuevamente a mí. Si alguien se queda sin aportes que hacer, permanecerá callado y la palabra pasará al siguiente, lo cual seguirá sucediendo hasta agotar toda idea o pensamiento negativo sobre el tema. Luego haremos lo propio con todas aquellas ideas y pensamientos positivos. Tengan en cuenta que es muy posible que en el transcurso de la circulación se produzca un cierto nivel de telepatía colectiva, por lo que en algún punto, si todos conseguimos ponernos en la sintonía adecuada, dejaremos de hablar sonoramente para hablar mentalmente. No se asusten. Puede que les duela un poco la cabeza; es normal, desaparece pronto.-

Miró a ambos jóvenes, que le devolvían la mirada con una expresión de sorpresa. "¿Con que telepatía, eh? No acaban las sorpresas." Pensaba Demetrio.

- Bien, primeramente Elsa leerá un breve texto escrito por ella como introducción al tema, y luego comenzaremos con la primera circulación.-

- Muchas gracias Miguel. El texto dice así.- Elsa se aclaró la garganta con una suave tosecita antes de seguir.- Se titula <<Derechos Civiles y Madurez. En esta época en que la tecnología ha hecho posible mucho de lo impensado hasta hace poco, como viajar al espacio exterior a nuestro planeta, conocer en mayor profundidad nuestra propia naturaleza a través del ADN, y un sinfín de elementos tecnológicos, como las computadoras y los medios de transporte súper veloces de hoy día, la educación, en la comparativa con esos avances, se ha quedado en su época inicial, primitiva incluso podríamos decir. Mientras en las casas y empresas se utilizan cada vez técnicas y procesos más complejos tanto para el ocio como para la vida cotidiana y la producción de bienes, en la escuela se siguen utilizando las mismas técnicas desde hace casi dos siglos. Imaginen una casa de hace doscientos años, lo distinta que se vería de una casa de hoy. Luego imaginen una escuela de hace doscientos años y una de hoy. Casi no hay diferencia. Lo más alarmante de ello, es que no solamente nos hemos limitado a dejar que la educación se atrase comparativamente con muchos otros aspectos de la

sociedad, sino que actualmente existe una tendencia a suponer una mayor madurez en los niños de hoy de la que tenían los de antaño. Con ello, pululan en muchos países proyectos para permitir participar de las elecciones a edades cada vez más tempranas, proyectos para que niños apenas entrados en la adolescencia decidan por sí mismos acerca de temas del tamaño del aborto, entre otros. Pero si nos detenemos un momento en examinar a estos niños y adolescentes ¿Cuáles son las bases fácticas para decir que son más o menos maduros de lo que eran un par de generaciones antes? ¿Que saben usar una computadora? ¿Que aprenden varios idiomas desde pequeños? Me temo que no es suficiente argumento para darles las tremendas, inmensas responsabilidades que se les pretende asignar. Además, si analizamos a los niños de hace un par de generaciones atrás, veremos que eran mucho menos ajenos al trabajo, ya desde pequeños, a la violencia de la sociedad en general, dado que eran tratados como inferiores por cualquier adulto y golpeados sin misericordia, a las realidades de la enfermedad y la muerte, debido a que acompañaban muchas veces a los moribundos en las casas, dado que antes, las personas morían en sus casas y no en instituciones de salud, y también asistían a los velorios y responsos de esos familiares. Eran niños con mucho mayor conocimiento de la naturaleza de la vida y de la muerte, y del medio social en que vivimos. Los niños de hoy en cambio, y con esto no quiero decir que lo actual sea malo, sino simplemente trato de marcar las diferencias, están protegidos del trabajo infantil por ley, por lo cual nada saben de trabajar para sostener su vida y la de sus seres queridos. Están protegidos de la violencia social, dado que nadie, ni siquiera sus padres, pueden agredirlos físicamente, o al menos eso exige la ley. Están protegidos de la vida y de la muerte, cosas que suceden en general fuera de casa, en hospitales y clínicas, o en casas velatorias en el último trance, y de las que en su inmensa mayoría se los excluye. Podría citar muchos más ejemplos y comparativas, pero me parece que éstas son emblemáticas del problema que se plantea. ¿Cómo podemos atrevernos a dar más responsabilidades y cargas a unos niños que son claramente menos conocedores del mundo que los rodea? Al contrario, creo que sería menester extender el período legal de dependencia de los padres, para permitir a estos niños de hoy el tener la oportunidad de madurar lo suficiente antes de verse impelidos a abandonar el nido familiar.>>.- Elsa hizo una pausa breve y miró a Miguel.- Eso es todo querido hermano.-

- Muchas gracias Elsa.- Miguel miró en derredor. Todos aguardaban, expectantes. Miró a Livingston, sentado nuevamente a su derecha- Bien, comencemos con la circulación negativa. Aníbal, comienza por favor.-

Livingston aceptó con una leve inclinación de

cabeza.

- El ser humano es hijo del rigor, y sólo intenta aprender algo nuevo cuando siente que lo necesita para sobrevivir o para obtener algo que es objeto de su deseo. Por tanto, si no damos esas responsabilidades a los chicos de hoy y los obligamos a chocar de frente contra el mundo a una edad relativamente temprana, en que están aún capacitados, mental y físicamente, para sanar y aprender y mutar velozmente, quizás estemos condenando a un par de generaciones a ser inadaptados sociales, dado que a edades más avanzadas esos choques y cambios producto de ingresar al mundo adulto pueden ser más violentos y con consecuencias permanentes.-

Calló, mirando a Miguel. Éste hizo señas a Demetrio. El joven tragó con dificultad, y luego templó la garganta con una tosecita nerviosa antes de comenzar.

- Bueno, me parece que ante todo no podemos dejar de ver que la sociedad civil ha cambiado, y es razonable que esos cambios sostengan cierta simetría. Si hemos permitido que los jóvenes cada vez participen y opinen más en las escuelas y en sus propias casas ¿Por qué no dar el siguiente paso lógico y formalizar algunas de esas prerrogativas en el grueso de la vida civil?- Miró a Miguel.- Eso es todo.-

Miguel hizo un suave gesto a Ana, gesto que la dama recibió con una leve sonrisa.

- Yo voy a pasar la reflexión negativa.- Y tocó a

marina suavemente en el hombro, indicándole que podía comenzar.

- Me abstengo.- Indicó Marina, escueta.

- Ignacio, hermano, tu turno.- Indicó Miguel.

- También me abstengo. No tengo posición negativa al respecto.-

Elsa, que era la que había escrito, no debía aportar comentario. Y Roberto y Oriana optaron todos ellos por no emitir opinión negativa respecto del tema, por lo que la palabra llegó al sacerdote, a quién Miguel invitó a utilizar la palabra.

- Muy bien. Me limitaré a indicar que las cosas que evolucionan de una determinada manera lo hacen por una razón. Es cierto lo que han dicho anteriormente respecto de que el ser humano sólo se siente impelido al cambio cuando hay la necesidad de ello. Y precisamente por ello, si la escuela no ha cambiado gran cosa, es que quizás el ser humano no ha sentido la necesidad de cambiarla. Pongamos por caso un ejemplo de lo más simple y casi bizarro para la circunstancia; el tenedor. Desde que se ha inventado, que ha ya al menos mil años en su forma moderna, no ha cambiado. Uno podría preguntarse, teniendo en cuanta todos los implementos de cocina modernos que tenemos, como hornos a gas, eléctricos, microondas, heladeras, freezers, etc., que podría haber evolucionado a algo mejor. Sin embargo, es evidente que sigue cumpliendo a la perfección la función para la que fue creado, y es por ello que no ha vuelto a cambiar desde entonces. Con la escuela, mis queridos hermanos, me parece que pasa lo mismo. Donde veo que pecamos de sincera, bondadosa, pero perniciosa ingenuidad, es en que creemos que la función con que la escuela fue creada es educar.- Remarcó sonoramente lo siguiente.- ¡Error! La escuela como la conocemos hoy, si miramos la historia, fue creada en base al modelo prusiano de enseñanza, el cual no tenía otra meta que inculcar en las clases más bajas de la sociedad hábitos de pulcritud, obediencia y respeto a la autoridad. Desde esa óptica, lamento tener que ser pájaro de mal agüero, pero la escuela sigue cumpliendo perfectamente la función a la que está destinada; moldear las clases más bajas a las necesidades de los gobiernos según las épocas. Eso es todo.-

- Muchas gracias hermano.- Contestó Miguel.- En caso de no haber más comentarios por la parte negativa al tema, comenzaremos con el aspecto positivo.- Hizo silencio, mirando a su alrededor, en busca de alguna señal de pedido de la palabra. No la hubo. Suspiró.- Muy bien, pasemos al aspecto positivo del tema. Ángelo, por favor, nuevamente su turno.-

El sacerdote carraspeó antes de comenzar.

- Bien, por la afirmativa, puedo decir que la educación como la conocemos hoy ha pasado a un segundo plano. Esta educación casi entre fabril y cuasi militar, donde imperan nociones de orden, jerarquía y rigidez. Una nueva época se abre ante nuestros ojos, donde la técnica ha permitido al ser humano romper muchas de las barreras de antaño. Quizás podamos, en lugar de intentar reformar esta educación que tenemos, directamente abolirla, en favor de formas de educación y de acceso al conocimiento mucho más flexibles, con una premisa directriz totalmente distinta de la escuela de' hoy. En lugar de educar para controlar, que sea educar para potenciar, para permitir el desarrollo pleno de cada ser humano, en lugar de uniformar y reprimir toda aquella expresión que se salga fuera del molde propuesto.-

Hizo silencio, haciendo un gesto a Miguel indicando que eso era todo.

- Muchas gracias querido Ángelo.- Hizo señas a Oriana.

- Bueno, podría decirse que todo cambio que propenda a incluir nuevas técnicas e implementos modernos en la educación institucionalizada moderna debe de ser bueno, dada la manifiesta antigüedad de los métodos y las herramientas que se vienen utilizando, como ya bien ha sido mencionado con anterioridad. Eso es todo.-

- Roberto.- Se limitó a indicar Miguel.

- Sí, querido Miguel. Mi impresión actual al respecto de modernizar la educación es que puede ser tremendamente positivo, pero debemos empezar por replantear la institución educativa desde sus bases, como decía el padre Ángelo hace unos momentos. No podemos pretender una educación moderna, que ayude al desarrollo integral del ser humano, a la vez que la cimentamos sobre una base pensada exactamente para todo lo contrario. La escuela fábrica debe morir para que la escuela integral pueda nacer. Como en tantas otras ocasiones en la vida de las personas y de los pueblos, se trata de muerte y resurrección. De las cenizas de la vieja escuela nacerá una más moderna, humana, y dedicada a los verdaderos intereses de quienes concurren a ella.-

Roberto se silenció, haciendo un gesto a Miguel. Este a su vez miró brevemente en dirección a Elsa; dado que ella era la que presentaba la lectura, no le tocaba aportar comentarios. Miró a Ignacio, pero este hizo gesto de no desear comentar, por lo que pasó a Marina, invitándola con un leve gesto de la mano a comenzar.

- Muy bien. En breve, creo que el sistema educativo actual es valioso, considerado como el resultado de un poco más de dos siglos de esfuerzo por transmitir a la mayor parte de la población un conjunto elemental de conocimiento, cosa que con anterioridad era prerrogativa de muy pocos.- Hizo una pausa.- Claro que la educación obligada, rígida y en extremo acotada y represora que recibimos está muy vinculada a los intereses del poder de moldear ciudadanos dóciles y productivos, pero si no es gracias a ello, es al menos a pesar de ello, que una masa considerable de conocimiento es hoy accesible para el común de la gente. Creo que es valioso rescatar esto como parte de la realidad actual de la educación. Es relativamente sencillo ver todo lo malo que tiene y cuánto se puede mejorar, pero no hay que perder contexto en nuestras ideas; tener presente cómo se generó esa escuela, este modelo educativo que hoy utilizamos, a la vez que miramos hacia el futuro, intentando fijar un horizonte distinto para la educación, un futuro donde sea posible cambiar los intereses con que se fijan los planes y las formas de estudio.-

Marina hizo silencio, indicando a Miguel con un leve asentimiento que ya no agregaría nada más. Ana indicó con un gesto que no tenía nada que agregar, por lo que la palabra volvió a Demetrio.

- Desde una perspectiva positiva, se puede decir que la tendencia a utilizar nuevas herramientas disponibles, nuevos métodos desarrollados, y nuevos planteos pensados a posteriori de la puesta en funcionamiento del sistema educativo actual, no podría devenir sí no en resultados positivos para todos; para los educadores, para los educandos, y para las personas relacionadas con ambos conjuntos.-

Livingston indicó a Miguel que no quería agregar nada. Miguel los miró a todos de a uno por vez, a los ojos, detenidamente, antes de hablar.

- Bien, epilogando este tema, podemos decir que hay buenos motivos para impulsar grandes cambios en la educación institucionalizada como la conocemos hoy, a la vez que es menester no tirar por la borda los esfuerzos de tantos grandes y buenos hombres y mujeres que donaron su energía y muchas veces su sangre a la causa de tener una educación para la masa de los seres humanos. Aunque el logro haya sido a todas luces muy imperfecto, no carece de mérito y por respeto a todos ellos debemos usar sus ladrillos para edificar sobre ellos una escuela mejor para el mañana.- Hizo una breve pausa y miró a Elsa.- Creo que eso resume sintéticamente lo que ha circulado sobre el tema ¿Estás de acuerdo querida hermana Elsa?-

- Lo estoy.- Musitó ella.

- Quisiera señalar a nuestros dos nuevos integrantes que al menos la mitad de las opiniones de la circulación no han sido realizadas en voz alta, lo mismo que este comentario que estoy yo haciendo ahora...-

Sonrió en tanto miraba a Demetrio y Oriana, que lo miraban asombrados en tanto él les hablaba sin mover los labios ni tan siquiera un músculo de su rostro.

- Bien, daremos por terminada la circulación del tema ahora. Hermano Petrucci ¿A quién corresponde hoy proponer el tema de la siguiente circulación?-

- Al hermano Livingston.- Indicó el sacerdote.

- Hermano, adelante...- Miguel hizo un gesto a Livingston invitándolo a hablar.

- Queridos hermanos, el tema que propongo para la siguiente circulación es el movimiento tras bambalinas que se ha estado dejando sentir últimamente por parte de nuestros tristemente desviados hermanos antagonistas, que al parecer traman algún golpe de importancia cuanto menos regional.-

- Muy bien hermano, el tema que propones es de lo más grave, y aunque me disguste oír noticias de esos hermanos perdidos, voto favorablemente por la presentación del tema en la próxima circulación.-

Todos los demás hicieron lo mismo, y el tema quedó aprobado para ser tratado en la siguiente reunión.

- Bien, queridos hermanos, les ruego que hagan un sincero esfuerzo por internalizar todo lo tratado en esta circulación; lo que les haya parecido acorde a vuestro pensamiento y lo que no, de manera que podamos todos aprender y sumar hoy un nuevo aporte entre nos, y propagarlo a toda nuestra comunidad.-

Miguel de pronto cerró los ojos, y tensó las manos con que sostenía a sus compañeros, en tanto todos hacían lo mismo, como intentando transmitirse energía a través de ese apretón. Al cabo de unos segundos, tanto Demetrio como Oriana sintieron un calor muy intenso, que casi quemaba, en ambas manos.

- Eso es todo, queridos hermanos, vayan en paz.-

- Paz.- Repitieron todos, en tanto se saludaban unos a otros.

Se pusieron de pie, y en tanto Roberto comenzaba, con la ayuda de Ignacio, la rutina de juntar almohadones, apagar incensarios, velas, etc., Miguel se acercó al doctor Livingston, que conversaba en ese momento con Demetrio y Oriana acerca de sus impresiones de esta primera circulación en que habían participado.

- Verdaderamente no esperaba tanto.- Admitió Demetrio.- Es como si cada vez que me acercara a este lugar se abriera una caja de sorpresas. Lo de la transmisión no hablada durante la circulación me tomó completamente con la guardia baja.-

- También a mí.- Terció Oriana.- Aún sigo sin comprender cómo es eso posible.-

- Bueno hermanos, nadie mejor que el circulante, nuestro venerable hermano Miguel, para poder explicar esos aparentes misterios.- Livingston sonrió y guardó silencio, dejando espacio a Miguel para que se sumara a la conversación.

- En realidad la explicación es bastante sencilla. Dado que durante la circulación estamos todos tomados de nuestras manos, se genera una sinergia muy fuerte, tremendamente poderosa. Entre otras cosas, puede producir momentos de conexión, digamos, "eléctrica", fuera de lo común, lo cual deviene en efectos como la transmisión de la palabra no hablada. Puede ser más sencillo de comprender si lo contemplan como una especie de predicción en común. Como lo que les pasó a ustedes en nuestra anterior reunión, cuando en una de las pruebas que les hicimos fueron capaces de, literalmente, quitarnos las palabras de la boca.-

Ambos recordaban ese momento; posiblemente el

más asombroso de los efectos del don que habían sufrido aquella noche.

- Aníbal, en realidad me acerqué porque quería tener unas palabras acerca del tema de los antagonistas...-

- Bueno si les parece bien nosotros nos retiramos...- Indicó Demetrio, interpretando que Miguel hablaría a solas con el psiquiatra.

- Muy por el contrario, querido Demetrio, nos encantaría que se queden. No pretendo una conversación privada con el doctor Livingston, y por otro lado sería desagradablemente mal educado de mi parte sumarme al grupo y al instante empujarles a ustedes fuera ¿No les parece?- Miguel les sonrió a ambos jóvenes.

- Bueno venerable hermano, por favor, cuando gustes...- Invitó Livingston.

- Sucede que es un momento propicio para tratar el tema de los antagonistas, pero quisiera saber qué planes tienes para presentar el tema. Siempre que uno se mezcla con esa gente hay algún grado de peligro, por lo que si estás pensando en aventurarte a alguna labor heroica, te ruego lo manifiestes, y en todo caso lo hagas con apoyo de más hermanos. En una palabra, si vas a acercarte a algún grupo de antagonistas, que no sea solo.-

- Por supuesto querido Miguel, no se me ocurriría actuar de otra manera, conozco lo suficiente de esos tipos como para ir en una misión suicida.-

- Excelente, eso me deja mucho más tranquilo.-

- ¿Pero tan peligrosa es esa gente? ¿Qué es lo que los hace tan temibles?- Preguntó Oriana, visiblemente atemorizada. Miguel tomó la palabra.

- Lo que sucede es que en su mayoría, por su formación y objetivos como grupo, terminan desarrollando una psiquis bastante alterada, en cierto modo muy parecida a la de un psicópata. Eso lo podría explicar mucho mejor el doctor aquí presente, pero en resumen se puede decir que son como psicópatas; es decir gente que no siente empatía hacia otros seres humanos, capaz de cualquier cosa, incluso matar, si creen que las circunstancias lo hacen conveniente para ellos y que no serán atrapados.-

- Pero lo que dice usted es horroroso...- Musitó apenas Oriana.

- Si hija, esa gente despierta sentimientos de esa clase en gente como nosotros.-

- Creo recordar que algo nos habían explicado en nuestra anterior reunión acerca de estos antagonistas.- Subrayó Demetrio.- Pero no se nos contaron los detalles acerca de esa gente.-

- Haces muy bien en preguntar hijo mío.- Contestó el padre Petrucci sumándose al grupo.- Esa gente es muy peligrosa, y es bueno conocer a los amigos, pero a la vez es importantísimo conocer a los enemigos. Como decía cierto antiguo proverbio; Ten cerca a tus amigos, y a tus enemigos más cerca. Y esos, queridos hermanos Oriana y Demetrio, esos son en verdad nuestros enemigos.- Sonrió amargamente.- Sé cómo suenan estas palabras de parte de un vidente, para colmo sacerdote. No son palabras amorosas, pero son la verdad. Por desgracia, no hay otra expresión que describa la naturaleza de los antagonistas. Son el exacto reflejo nuestro, nuestra némesis, si puede decirse. Pero bueno, como les decía al principio, es bueno conocer al enemigo; ayuda a estar prevenido. Por eso ahora les contaremos un poco de la historia de esta orden paralela.-

Hizo una pausa como para tomar impulso, como si fuera un esfuerzo considerable el que debiera hacer para decir lo que seguía a continuación.

- La hermandad de renegados nace allá en los inicios de nuestra orden misma, cuando aquellos primeros pensadores se preguntaron el porqué de nuestro don. Por mayoría se concluyó que era para mayor beneficio de toda la humanidad. Pero hubo algunos pocos, apenas un puñado, que pensaron otra cosa; que el don era un poder con que gobernar el mundo. Creyeron estar por encima del resto de la humanidad. Allí nació la semilla de lo que luego fue la orden de los antagonistas.-

- ¿Pero hay algún registro de lo que pasó?- Preguntó Demetrio.

- No hijo, todo es verbal. Todo esto ocurrió mucho, muchísimo antes de la invención de la escritura. Luego este grupo se escindió de la orden, y durante un tiempo se perdieron en las sombras; no se volvió a saber de ellos.- Su rostro cambió de expresión, manifestando mucha tristeza.- Pero luego reaparecieron, y cuando lo hicieron, ya eran muchos más. Habían utilizado ese tiempo para ir cazando y convenciendo a otros portadores desprevenidos de unirse a ellos. Buscaban portadores recién despertados, apenas conscientes de sus capacidades y de sus responsabilidades, y los convencían de su verdad. Y así se convirtieron en legión...-

- ¿Legión?- Preguntó Oriana asombrada.

- Sí, hija, los demonios que se mencionan en la biblia son metafóricos. Ellos eran la legión de la que Jesús curó a aquel hombre en Gadara. Es decir, que lo convenció de salir de la senda de destrucción de los antagonistas.-

Ahora ambos estaban asombrados.

- Les decía que cuando aparecieron nuevamente, eran muchos. Y se dedicaron a intentar, por todos los medios posibles, tomar el poder de todo el mundo conocido. Así, propiciaron el surgimiento y caída de los imperios desde hace milenios. Están detrás de casi toda gran calamidad de la historia del hombre. El ansia de poder los enceguece, los transforma en seres opacos, privados de la luz que originalmente portaron.-

El sacerdote calló un instante, pensativo. Miguel aprovechó la oportunidad y tomó la palabra.

- Lo que nos preocupa ahora es que nos ha llegado algo de información en relación a un cierto movimiento poco habitual en torno a algunos antagonistas que tenemos identificados, lo que podría indicar que preparan algún tipo de acción. De eso es que quería preguntar al doctor Livingston.- Miró al psiquiatra inquisitivamente.

- Sí, bueno, sucede que como ustedes sabrán, no es tan sencillo acercarse a esa gente, y sobre todo, no carece de una importante cuota de peligro.-

- ¿Qué peligro?-

Preguntó Oriana. De pronto recordó a aquel hombre que se le había presentado en la galería hacía unos días.

- Creo que hay algo que debo contar...- El resto se le quedó mirando.- Bueno, luego de nuestra reunión anterior, al día siguiente, fui a una galería de arte de una amiga, donde expongo algunas pinturas. Al rato de estar allí comencé a sentir un mareo de intensidad creciente, a la par que sentía un pinchazo agudo a la altura del ombligo. Cuando sentí que estaba por caer al suelo, un hombre me sostuvo. Se presentó como un portador. Me pidió encontrarnos en una zona apartada de la galería y allí procedimos al reconocimiento. Me preguntó a qué círculo estaba asociada, pero cuando yo le iba a preguntar lo mismo apareció gente en el lugar y él se retiró sin darme más explicaciones. También me dijo algo extraño; que ese mareo y pinchazo en el estómago eran signos de reconocimiento de que otro portador estaba en las cercanías.-

Miguel la miraba con creciente preocupación.

- Y ese hombre ¿No dijo su nombre?- Preguntó.

- Sí, se presentó simplemente como Alfredo.-

Oriana se asustó al ver las expresiones ya no solamente de Miguel, sí no de los otros dos también; tanto el psiquiatra como el sacerdote la contemplaban estupefactos, como si hubieran visto un fantasma.

- ¡Por Dios!- Exclamó ella nerviosa.- ¡Parece que hubieran visto un fantasma!-

- Ver no querida, pero es como si hubiéramos oído de uno.- Terció Miguel.- Ese hombre que se te presentó, Alfredo, es un reconocido y poderoso antagonista.- Ahora le tocó a Oriana temblar visiblemente a causa de la impresión.- Hace un tiempo largo que no oímos nada de él, al menos en relación a sus actividades como antagonista, tan largo que incluso llegamos a suponer que posiblemente hubiese estado retirado...- Miguel bajó la voz, reflexivo.- Pero no sólo no lo estaba, sí no que sale de nuevo a la luz precisamente ahora, que hay tantos movimientos extraños entre los de su clase...-

- ¿Qué hay de eso que el tal Alfredo le dijo a Oriana acerca del reconocimiento y los mareos y punciones en el estómago?- Preguntó Demetrio.- La verdad es que hasta ahora no me ha sucedido eso. Me gustaría saber si hay algo de verdad, y como funciona.-

- Buena pregunta.- Apuntó el padre Petruci.- En general funciona de la manera en que lo ha descripto Oriana. Sucede que a veces esa sensación se puede ver atenuada o totalmente extinta por otras que la superen en un momento determinado. Digamos que es más bien sutil. Si nada más está ocupando la conciencia en ese momento, puede surgir, pero si alguna otra ansiedad ocupa la mente...- El sacerdote hizo una pausa.- Por ello es que no se han sentido de esa manera durante sus primeros contactos con nosotros, dado que la ansiedad y el miedo en general taparon esa sensación. Además, cabe aclarar que cuando un grupo grande de portadores se reúne, como cuando nos reunimos en el círculo, esta sensación tiende a desaparecer. Es como si el cerebro dijera <<bueno, son un montón de ellos, evidentemente sabemos entre qué tipo de gente estamos>> y deja de mandar la señal que genera esa sensación en el cuerpo.-

- Bueno padre, creo que eso realmente contesta del todo mi pregunta...-

Indicó Demetrio, evidentemente sin palabras ante la completa explicación de Petruci. El sacerdote soltó una risita.

- Muchacho, no olvides entre quiénes estás. Fui contestando lo que te iba surgiendo en la mente como pregunta. Pensaste en por qué no sentiste esa sensación al venir aquí a la reunión hoy ¿Verdad?-

Demetrio sonrió también. Claro.

- Queridos hermanos, me alegro de que Oriana haya salido indemne de su encuentro con ese hombre tan peligroso. También me alegro de que hayan descubierto la señal de alerta fisiológica ante la presencia de un portador. Les puede ser muy útil cuando se hallen solos, antes el riesgo de que sea un antagonista quien esté cerca de ustedes. No olviden que la misma alerta va a ser sentida por el otro, así que si llegan a experimentarla, tengan mucho cuidado.- Indicó Miguel.- Por otro lado, quiero que el doctor prepare un informe completo acerca de las actividades de los antagonistas para la reunión de la semana próxima. Ya estaba preocupado por sus movimientos, y esta presencia de Alfredo en los alrededores no hace más que avivar mis preocupaciones.- Se iba a alejar, pero se volvió, como quien recuerda algo.- Demetrio y Oriana, les ruego tengan la bondad de pedirle al hermano Roberto, antes de retirarse hoy, que les muestre el archivo de antagonistas identificados que tenemos, para que puedan tener al menos una idea superficial de si deben correr o no cuando se encuentren con un portador en la calle.-

Ambos asintieron, y entonces Miguel se alejó en dirección a Ana, a quién saludó con una amplia sonrisa. Ambos comenzaron a charlar animadamente. El grupo formado por Oriana, Demetrio y los dos viejos hombres de confianza de Miguel permanecía sombrío, meditabundo.

XI

La reunión terminó tarde, como ya había sucedido la vez anterior. Todos caminaron hasta la avenida Beiró, para conseguir algún taxi que los llevara a sus casas. Oriana compartió el taxi con Elsa, dado que ambas iban en direcciones semejantes. Llegó de las primeras a su casa, que estaba relativamente cerca del local de reuniones. Sus padres por supuesto hacía ya buen rato que se habían dormido, acostumbrados como estaban a su rígida rutina diaria.

Se fue a la cocina a prepararse un té, en tanto meditaba los sucesos de esa noche. Había sido nuevamente, y contra todo pronóstico, una noche extremadamente agitada y estresante. Se sentía extenuada hasta los huesos. Había esperado encontrar algunas respuestas esa noche; sin embargo, el saldo eran más y más preguntas.

Este hombre misterioso que se le había presentado

en la galería había terminado siendo revelado como la némesis de los de su tipo. "Los de mi tipo". Pensó. No tenía idea de lo que quería decir ese concepto. Era huero, vacío de todo sentido. No sabía nada de sí misma ni de los otros, ni de lo que sucedería a continuación. Claro que le habían ofrecido diversas explicaciones, las cuales ella evidentemente no había internalizado lo suficiente aún. No se sentía segura. No comprendía del todo lo que sucedía.

Una vez preparado el té, se sentó en el desayunador a tomar la infusión. Sentía las piernas pesadas, como si hubiera corrido una maratón. La butaca acolchada del desayunador fue como una bendición para su cuerpo tenso y cansado.

Con el único con que había hecho un lazo algo más honesto era con Demetrio, quizás precisamente porque él a la vez estaba en la misma situación que ella. Pero había algo más; ese sentido que las mujeres suelen tener en mayor medida que los hombres para notar cuando hay una afinidad especial entre un hombre y una mujer. Y ese sentido había hecho sonar la alarma en su cabeza en cuanto lo vio. Por supuesto, no había dado signos visibles de ello. El seguía siendo un perfecto desconocido para ella. Pero se sentía atraída por esos ojos oscuros, profundos, taciturnos.

El té, fuerte y sin azúcar, le sentó bien. Dejó la taza sobre el mármol de la mesada de la cocina y se fue al dormitorio con paso cansino, pensando en todo lo que había sucedido. Y en Demetrio. Había algo en los ojos del joven, un algo como a nostalgia, o tristeza, o como si tuviera un vacío que llenar. Conocía esas miradas. Siempre tenía la misma mala puntería para elegir hombres acomplejados, con más problemas de los que ella podía manejar. Y luego ella salía lastimada y esos hombres continuaban con sus problemas y sus vidas.

Ahora la que sonaba era otra alarma, la de la experiencia y el sentido común. "Es un tipo complicado, no te conviene". Le decía la voz en su interior. Pero claro, ella sabía también que por mucho que la voz insistiese, había algo más, algo más cercano al corazón, o al alma quizás, que no le permitiría escapar tan fácilmente al influjo de esos oscuros ojos.

Se desnudó lentamente; vencida por el cansancio, apenas con el último resto de energía se metió entre las sábanas. Pensaba leer un poco antes de sucumbir al sueño, pero estaba realmente extenuada. Su último pensamiento antes de dormirse profundamente fue nuevamente para ese hombre de oscuros ojos, mesméricos, que la miraba como si buscara algo.

Demetrio llegó a su casa caminando. No era tan lejos, y de todas maneras le irritaba la larga espera hasta que un taxi pasara por la avenida a esas horas tan tardías. Abrió la cerradura de calle y avanzó sin prender ninguna luz. Hacía tantos años que vivía allí, y que no cambiaba nada de lugar, que conocía palmo a palmo toda la disposición de su casa; podía caminar de un lado al otro totalmente a ciegas.

Se metió en la cocina, donde finalmente prendió la luz para prepararse un café bien fuerte, como era su costumbre. Mientras echaba las cucharadas en la máquina pensaba en los acontecimientos de aquella noche.

Se sentía confundido, como el día de la primera reunión, cuando fue iniciado a esta hermandad tan peculiar. Tantas cosas extrañas le habían pasado en esas últimas semanas, que por momentos sentía que perdería la razón. Suspiró. No había mucho que hacer más que esperar y confiar en que las cosas irían tomando un cariz de normalidad en un tiempo.

La máquina pitó indicando que el brebaje estaba listo. Tomó una taza blanca de porcelana y se sirvió casi hasta el tope. Se fue con la taza al living, donde se sentó a la mesa, la misma en que cada mañana tomaba su desayuno. Ese era su lugar de meditación, y él necesitaba entender un poco más lo que le estaba pasando.

No terminaba de sentirse a gusto entre esas gentes tan particulares, por más que, teóricamente, fueran tan particulares como él mismo. Se sentía un poco incómodo, como si ese no fuera su lugar. La forma despojada con que presentaban hechos personales íntimos de sus vidas le chocaba, acostumbrado como estaba a cierta teatralidad y dramatismo para su intimidad, y poco afecto a demostrarla como se hacía en el círculo.

Por otro lado, estaba Oriana. Se sentía mucho más cerca de ella que del resto. Pero no se hacía ilusiones respecto de la pureza de sus intenciones. En ese sentido se conocía bastante bien y sabía que la chica le atraía intensamente. No estaba seguro de la seriedad de esa atracción, si sólo era deseo sexual o si había un algo más profundo. Lo cierto es que desde que la había conocido el día en que fueron iniciados, no dejaba de pensar en ella. Incluso había llegado a tener algunos sueños de tono bastante encendido con ella. Sí, la deseaba intensamente. Y presentía además, que a ella le pasaba algo similar respecto de él. Esa noche se estaba haciendo larga, y ya preveía que no podría pegar un ojo, presa de la excitación por todo lo ocurrido ese día, y por los pensamientos que Oriana despertaba en su mente, además de los evidentes efectos que tenía en su cuerpo.

De pronto, una idea brilló en su mente. Un poco descabellada, sí, pero no por ello menos ineludible. Abarcó su mente por completo, hasta obnubilarla. Iría a verla. Sabía dónde vivía, dado que en el círculo ambos habían dejado sus datos para poder ser localizados. La iría a buscar a su casa. Recordó de pronto que ella vivía con sus padres, y que era extremadamente tarde como para aparecerse en una casa de familia sin despertar montones de preguntas. Pero no le importó. "Qué diablos, si la telepatía funciona en el círculo, bien puede funcionar para que ella sienta mi presencia en su puerta".

Y así como surgió el pensamiento y lo electrizó por entero, así mismo dejó la taza aún humeante en la mesa, tomó las llaves y salió corriendo en dirección a la puerta.

Oriana estaba a poco de entrar en un sueño profundo. Había apagado la luz del dormitorio, dejado el libro con que había intentado inútilmente pasar los últimos minutos antes del sueño sobre la mesa de noche, y con los ojos cerrados, había repasado por última vez lo sucedido ese día. Luego se había quedado dormida, pero con un sueño aún ligero.

De pronto, sintió una punzada en el estómago, a la vez que un leve mareo, como si la cabeza le diera vueltas. Se sentó en la cama como impulsada por un resorte. Había alguien cerca. Otro vidente. Se despertó en principio alarmada, aunque en seguida notó que la intensidad tanto del mareo como del pinchazo en el estómago cedían. Por alguna razón inexplicable sabía que el vidente le era conocido y no hostil. De repente, con un ahogado suspiro de excitación sintió que el vidente que estaba cerca era Demetrio. No podría explicarse como lo sabía, pero lo sabía. ¿Qué podría estar haciendo allí, si no era buscarla a ella? La excitación creciente le hizo lanzar un jadeo en tanto se incorporaba de la cama. Se sentía un poco culpable ante aquellos pensamientos, educada como había sido por sus padres en una forma de pensar algo por demás puritana. Pero era joven, y su cuerpo le demostraba insoslayablemente lo que ella inconscientemente ya sabía; deseaba al joven, lo deseaba apasionadamente. Eran varias las ocasiones en que había despertado del sueño con el recuerdo del joven aparecido en ellos, en situaciones de lo más indecorosas a la vez que excitantes. Todas esas veces, su cuerpo transpirado le indicaba el grado de excitación alcanzado durante el sueño.

Y ahora él estaba allí, buscándola. Por un instante tuvo miedo. "No seas estúpida, eres una mujer adulta, y sabes muy bien que el sexo no es pecaminoso; déjate de bobadas antes de que este hombre se canse y se vaya". Se levantó de la cama, desnuda, y con cuidado de no exponerse, asomó la cabeza por la cortina. No pudo evitar que un leve chillido histérico saga de su boca al ver al joven mirando directo a su ventana desde el otro lado de la calle.

Él la vio, y al instante, con una sonrisa nerviosa, la saludó y cruzó la calle en dirección al edificio. Ella sabía que el portero no consentiría en dejar entrar a nadie a esa hora, por lo que ansiosamente se echó una roja y gruesa bata de algodón y con ella solamente se lanzó al pasillo, en dirección a la puerta de su casa. Bajó directamente por las escaleras, apareciendo tan de repente en la recepción que el portero dio un respingo y le dirigió un gesto de reproche. Enseguida suavizó la mirada al reconocer a la dulce muchacha del primer piso, la que le pidió por favor que abra al joven que la esperaba en la entrada. El hombre, acostumbrado a cierto grado de excentricidad por parte de sus empleadores, se limitó a cumplir lo que se le pedía sin ningún tipo de pregunta de por medio.

Demetrio la miraba a través del vidrio de la puerta, mientras el portero le abría y se hacía a un lado. Ella dio las gracias al hombre y ambos se dieron un casto beso en la mejilla. Subieron la escalera en silencio, y de la misma manera atravesaron el pasillo de su casa, hasta su dormitorio.

Los dos preveían lo que iba a suceder; febriles flashes de lo que estaba por pasar acudía a sus mentes. Era todo tan extraño, atemorizante y excitante a la vez. Sin mediar palabra, ambos sabían perfectamente lo que estaba pasando, y lo que querían que pasara a continuación.

Ella cerró la puerta de su dormitorio, y dejando caer la bata al suelo, avanzó desnuda hacia él. Se besaron intensamente, apretados fuertemente uno contra el otro. Apenas fueron unos segundos, pero a ambos les parecieron una eternidad. Luego los asaltó un sentido de frenética urgencia, y ella comenzó a desabrocharle el cinturón en tanto él se quitaba torpemente la camisa, y despedía sus zapatos a patadas. Ella bajó sus pantalones y tuvo oportunidad de observar por un breve instante lo que había despertado en él.

Una vez ambos estuvieron desnudos, se fueron arrebatadamente sobre el lecho, y sin mayor preámbulo, él se encaramó sobre ella y se fundieron profundamente, casi con violencia; con la pasión desenfrenada que la imagen de la muchacha había venido alimentando en su carne. Oriana apenas pudo contener el grito de exultante victoria y desahogo al sentir su cuerpo fundido con el de ella; sus padres dormían a escasos metros. Él comenzó a jadear suavemente en su oreja, y al cabo ambos se perdieron en un mar de sensaciones, estrechamente abrazados, rítmicamente unidos en esa danza atávica del sexo contra el sexo.

La mañana los sorprendió con apenas unas pocas horas de sueño. El ímpetu no había decaído luego de su primer encuentro, por lo que al rato volvieron a acariciarse, y en un pestañeó él estaba sobre ella de nuevo. Y luego otra vez más. De resultas, era más bien poco lo que habían podido descansar hasta que el fastidioso despertador de Oriana los arrebató de su sopor. Se miraron, desnudos en la cama deshecha. Almohadas y sabanas y cobertores desparramados por el suelo, signos mudos del frenesí de esa noche de lujuria.

- Buenos días.- Dijo ella tímidamente.

De repente, sentía vergüenza de mostrarse desnuda ante él, a pesar de que hubiera explorado cada centímetro de su cuerpo hacía apenas unas horas. Se levantó, en busca de la bata roja que había dejado caer cerca de la puerta. Por unos instantes, Demetrio contempló embelesado las nalgas firmes de

Oriana, que se balanceaban con gracia en tanto ella se acercaba a la puerta.

- No te vistas.- Pidió mansamente, con tono suplicante.- Te ves tan linda desnuda...-

Ella volteó para mirarlo. Ambos sonrieron, y de repente la vergüenza se esfumó. Volvió corriendo a la cama y de un saltito se arrojó sobre él, riendo. Se besaron, esta vez suavemente, como si tuvieran miedo de causarse ahora las heridas que no se habían causado durante la noche.

- No sé cómo explicarle a mis padres tu presencia aquí.- Confesó ella con aire preocupado, luego de un rato de besos y tiernas caricias.

- Quizás lo mejor es lo más sencillo. Simplemente les puedes decir que nos conocimos hace muy poco y que para ambos fue como si nos conociéramos desde siempre.- La miró a los ojos.

- Sí, claro. El tema es que mis padres son, digamos, un tanto...-

- Chapados a la antigua, sí, comprendo.- Interrumpió él. Se miraron con sorpresa.- ¡Lo lamento! No fue mi intención interrumpirte... ni leerte. Simplemente sucedió.-

- Está bien. Es parte de lo que somos ¿Verdad?- Aceptó Oriana.

Discutieron un poco más cómo presentar a Demetrio a los padres de Oriana. Ella sentía aún cierta incomodidad, pero eso ya era inevitable dado el carácter de sus progenitores. Se pusieron de acuerdo en que lo mejor era la verdad cruda y brutal con esas personas de un genio tan sutil que seguramente hubieran percibido el menor atisbo de falsedad u ocultación, amén de que a Oriana no le resultaba cómodo, éticamente hablando, el mentirles. Después de todo, eran sus padres.

Una vez vestidos ambos, salieron del cuarto, ella al frente, en dirección al living, donde Oriana sabía que estarían ya tomando su habitual rebosante tetera y leyendo la pila de diarios como acostumbraban.

Al llegar al living, los encontró tal cual esperaba, repitiendo su acostumbrado ritual matutino de masivo consumo de té y diarios. Ninguno levantó la vista en un principio. Se limitaron a los gruñidos y asentimientos cotidianos.

- Buenos días, mamá, papá. Les presento a Demetrio, que compartirá el desayuno con nosotros esta mañana.-

La madre levantó la mirada con una media sonrisa picaresca, en tanto que el padre ensayaba un gesto que no terminaba de ser ceñudo. Ambos miraron en silencio a su hija, inquirentes.

- Demetrio es un muy buen amigo al que conocí en el grupo de ayuda al que me dirigió el padre Petrucci.-

- ¿Suficientemente buen amigo como para pasar la noche en tu cama?- Preguntó brutalmente la madre. Al instante se arrepintió.- Perdón...-

El esposo le dirigió una silenciosa mirada de

reproche.

- Sí mamá, no hay problema en preguntarlo, aunque podrías haber tenido un poco más de decoro. Es suficientemente íntima nuestra amistad.- Suspiró.- Digamos que nos estamos conociendo, y somos ambos adultos.-

- Claro hija, por supuesto. De todas maneras, me hubiera gustado saber que un extraño pasaría la noche en casa antes de que suceda.- Espetó el padre conciliadora aunque secamente.

- Lo sé, y lo lamento. Te hubiera dejado saberlo.- remarcó las palabras para dar a entender a su padre que no le iba a pedir permiso.- pero todo sucedió de repente. Me disculpo por ello.-

- Disculpa aceptada.- El padre sonrió levemente.- Bueno, siéntense que el té se enfría.

Ambos tomaron asiento en los espacios al lado de los padres de Oriana. Esta se sentó al lado de su padre, y Demetrio, al lado de la madre. Se sentía visiblemente inquieto, y un tanto incómodo, por lo que la madre lo tranquilizó.

- Joven, afloje esa expresión por favor. Nosotros confiamos en el criterio de nuestra hija, y si a ella le ha parecido adecuado que comparta nuestro desayuno, pues pongámonos a ello sin mayores preocupaciones, que todo irá muy bien.- Le dirigió una sonrisa amable.

Demetrio se sintió algo más tranquilo. Parecía gente normal, bien educada. No terminaba de captar la razón de la preocupación de Oriana en presentarlo a ellos. Enseguida se salió de su error. Lenta, esforzada, y parsimoniosamente, casi como si no lo estuvieran haciendo, lo sometieron a un profundo interrogatorio. De dónde venía él, y luego de dónde venía su familia. ¿A qué se dedica, joven? Demetrio sonrió por dentro. "Cliché de los clichés". El gesto casi imperceptible que hizo el padre al él decir "zapatero" le desagradó bastante. De todas maneras el hombre cambió de actitud al ir tirando de la soga y saber que era un oficio familiar transmitido, casi como una cosa sacrosanta, de generación en generación. Eso se ve que le agradó al viejo, ya que sonrió asintiendo, como diciendo "claro, claro, la tradición familiar". Más encantados estuvieron ambos al saber que no era ya un mero zapatero, si no que contaba con un comercio que marchaba a las mil maravillas. Demetrio se sentía un poco contrariado por la visión estrecha de esta gente, pero por otro lado comprendía su posición. "Si yo tuviera una hija que me trajera un hombre a desayunar... ¡Desde dentro de su dormitorio! Quizás me mostraría incluso menos amistoso que ellos. ". "Piensan en mi bienestar, es todo. No te están juzgando. No estés tan tenso". Ella lo miraba. El mensaje le llegó fuerte y claro. Le sonrió, y siguió contestando el prolongado interrogatorio de los dueños de la casa en que había pasado la noche.

Finalmente, como sucede incluso con los instantes más desagradables e insostenibles de la vida, el interrogatorio terminó. Los padres se dieron por satisfechos. Ambos sonrientes, despidieron amablemente al joven cuando éste anunció que debía marcharse para dar apertura al comercio, ya tarde, dado que era bien entrada la mañana cuando terminó la conversación.

Oriana se ofreció a acompañarlo hasta la puerta, donde se despidieron, ya fuera de la vista de sus padres, con un prolongado, intenso, desenfrenado beso, que volvió a despertar en ambos los rescoldos algo apaciguados de la noche anterior. Con una promesa en la mirada, ella lo invitó a volver esa noche, y la siguiente, y la siguiente, propuso él sonriendo. Ella asintió con una risita corta y argentina, casi infantil. Él la miró no sólo con pasión, sino además con una inmensa ternura, un tanto difícil de amalgamar con los intensos apetitos carnales que despertaban en su cuerpo, pero no por ello menos real y presente en su pecho, que sentía estrujarse por aquella criatura.

Luego de demorarse unos instantes que parecieron eternos, finalmente se despidió, prometiendo volver esa noche, y ella lo dejó marchar, deseándola una buena labor en su oficio en el comercio heredado de su padre.

XII

Seis días luego de esa apasionada noche de amor, ambos debían reunirse en el círculo de videntes nuevamente. Habían estado conversando en esos días pasados, entre raptos de lujuria sexual incontenible, acerca de lo que significaba lo que estaban haciendo, esa relación incipiente que tenían. Y también conversaron acerca de la necesidad de hacerla pública en la siguiente circulación, dado que, en opinión de Oriana, no iba a haber manera de que algunos de esos hombres y mujeres tan avezados en el uso del don, no terminaran por descubrir de cualquier manera lo que pasaba entre ellos.

De cualquier forma, no iba a ser necesario ser un vidente, en cualquier acepción de la palabra que quiera utilizarse, para darse cuenta de lo que pasaba entre esos dos. Las miradas, a veces tiernas, a veces casi lascivas que se dirigían podrían haber sido comprendidas hasta por un niño. Ese segundo de más que tardaban en separarse al tener cualquier contacto físico. Esa falta de pudor cuando eso sucedía. Las palabras con que se hablaban uno al otro. En fin, todo los señalaba tan delatoramente que de cualquier manera hubiera sido imposible evitar que todos notaran lo que sucedía.

Llegaron de la mano al frente del local, desde donde apreciaron la labor que, como era su costumbre, Miguel hacía todas las tardes. En aquella ocasión la charla versaba sobre ciertos aspectos del pensamiento del budismo zen; acerca del conflicto de la dualidad, y la resolución de la misma en los momentos en que es posible el satori, que es como esa rama del budismo denomina la iluminación del practicante. Miguel hablaba con una pasión que dejaba entrever su afinidad con el tema sobre el que le tocaba disertar ese día.

- El zen es la filosofía de la no-filosofía. Intenta, por la vía más sencilla posible, abrupta incluso, como suele llamársele, alcanzar el satori, es decir, resolver nuestro conflicto existencial de manera tal que obtengamos lo que todo ser humano con sus facultades plenamente desarrolladas ansía; completa paz interior, la certeza de que, hagamos lo que hagamos, pase lo que pase, todo siempre va a estar bien.-

Ambos jóvenes se sintieron interesados por la charla del día, por lo que, saludando con gesto afable a Miguel, se sentaron en un par de sillas sobre la última fila, a escuchar el resto de la charla.

- Se puede aducir el inicio del budismo allá por el 500 antes de nuestra era, aproximadamente, cuando el príncipe indio Siddhartha Gautama, luego más conocido como Buda, desarrolló los rudimentos esenciales de la filosofía que lleva su nombre.- Miguel miró a su audiencia con un aire compasivo.- Pero imagino que la mayor parte de ustedes conoce los rudimentos de la historia, por lo que abreviadamente diré que luego otro príncipe budista indio, Bodhidharma, también conocido como Da Mo, o Daruma, llevó el budismo a la China, fundando lo que se conocería como budismo Chan, el que luego pasó a Japón de la mano de varios monjes japoneses que viajaron a China con el objeto de imbuirse de las escuelas Chan, siendo uno de los más notorios el monje Dogen Zenji, quien fundó la escuela Soto Zen, que junto con la Rinzai, son las más difundidas en el Japón, y en el mundo.- Miguel hizo una pausa y sorbió un poco de agua. Hizo un leve gesto de saludo a ambos jóvenes al verlos sentados en el fondo.- Pero en definitiva todas las escuelas zen sostienen la meditación como el eje central de la práctica, aunque luego haya algunos matices respecto del objeto de la meditación, dado que algunas enfatizan la meditación sobre un determinado tipo de preguntas o sentencias aparentemente contradictorias que se denominan Koan, mientras otras apuntan a una meditación en el vacío, dejando pasar los pensamientos, sin forzar la mente en blanco, hasta que, paulatinamente, y con cierto tiempo de práctica, por supuesto, se puede lograr que la mente deje pasar todo pensamiento y se vacíe de todo. Ahí se descubre un algo, inexpresable, inasible, apenas experimentable, que es en definitiva el principal objetivo de la meditación.- miró su reloj y notó que la hora de la charla llegaba a su fin.- Pero bueno, seguiremos con el budismo zen mañana, dado que ha finalizado el horario establecido para la charla, y resta aún mucho por contar. Me despido con un afectuoso saludo a todos ustedes y mi mayor agradecimiento por haber concurrido a esta charla, y soportado a este viejo vendedor de aceite de serpiente.-

La mayoría de la gente comenzó a retirarse, en tanto algunos se acercaban a Miguel para agradecerle la charla o pedirle referencias acerca del tema. Una vez los hubo atendido, Miguel se sentó como era habitual en la primera fila, con el vaso de agua en la mano, sorbiendo parsimoniosa, plácidamente el líquido.

- Veo que se llevan cada vez mejor...- Dijo al acercarse ambos.- me alegra mucho que así sea. Hace bien la buena compañía en momentos como éste que viven ahora, en que sus vidas están cambiando tan drástica y violentamente.-

Demetrio arqueó las cejas con un vago gesto de fastidio, en tanto Oriana lanzaba una tosecita, evidentemente incómoda. Ambos esperaban a la vez que temían el comentario de ese hombre de mirada profunda, inquietante.

- Queridos muchachos, no es necesario ningún temor; no hay ninguna regla que impida que dos videntes estén juntos...- Les dirigió una sonrisa amable. - ¿Vamos? - Señaló la puerta trasera del local, donde los esperaban para la circulación de ese día.

Oriana lo miró con un gesto entre alivio y un dejo de temor, pero tomó la mano de Demetrio, la apretó con fuerza y le regaló una sonrisa luminosa, que le arrancó otra a él y lo sacó del tono agrio en que se había puesto al hablar de sus intimidades con Miguel.

Caminaron todos juntos hasta el fondo del local, donde con los ya familiares y rítmicos tres golpes Miguel pidió paso, recibiendo desde dentro un seco golpe como respuesta. Al cabo la puerta se abrió y entraron a la sala de circulación, ya lista para las actividades de ese día.

Una vez sentados en sus respectivos lugares, comenzó la circulación. Al llegar el momento del tema del día se produjo algo inusual, o al menos así se los pareció a los dos nuevos integrantes del círculo. Miguel obvió invitar a Livingston, que era quien tenía que presentar el tema del día y en su lugar, con gesto serio, se dirigió a todos.

- Queridos hermanos, me apena informarles que he recabado información respecto de la aparición de Alfredo a Oriana hace unos días, y las noticias no pueden ser más funestas.- Hizo una pausa, mientras todos se removían incómodos y nerviosos en sus lugares.- Según indican nuestras fuentes, los antagonistas están planeando un golpe de mano de tamaño colosal. Más allá de todo lo que han intentado en las últimas décadas. No he podido saber aún a qué se debe el momentum, o sea, por qué ahora, aunque espero poder obtener más detalles en breve. De cualquier manera, de momento podemos conjeturar que deben haber recibido un fuerte apoyo de otros grupos de antagonistas de otras partes del globo, y por eso intentarán poner en movimiento su plan ahora.- Miguel hizo una nueva pausa para sorber algo de agua.- El plan, básicamente, se trata de un magnicidio.- Alguno arquearon las cejas, incrédulos, otros se atragantaron con su propia saliva.

- ¿Magnicidio?- Preguntó tontamente Demetrio.

- Si querido hermano, magnicidio. Los antagonistas planean despachar al actual Presidente de La Nación por correo exprés al otro mundo. Ese es su plan.-

Demetrio, con su impaciencia habitual, aprovechó la pausa de Miguel para interpelarlo incisivamente.

- Pero Miguel, esta noticia me llena de consternación, y de preguntas; ¿Cómo te hiciste de esta información? ¿Cómo planean liquidar a un presidente y quedar impunes? ¿Cuál es el fin de matarlo en cualquier caso?-

- Todas preguntas muy pertinentes muchacho, por lo que haré un pequeño impasse para explicarles a

Oriana y a tí algunos detalles que aún les debo. Como ya les hemos contado, nuestra orden se origina en la noche de los tiempos, mucho antes de la escritura y la mayoría de las civilizaciones. Pero luego hubo muchas otras órdenes que nacieron al calor de la civilización, y nosotros, siempre con un ánimo positivista, hemos hecho uso de ellas a lo largo del tiempo para acceder a información y a círculos de gente vedados al común de los hombres. Actualmente, una de las mayores instituciones iniciáticas de este tipo es la Orden Masónica, y gran parte de nosotros nos hemos afiliado a ella con el objeto antedicho.-

- O sea que la han infiltrado.- Indicó Demetrio.

- No lo llamaría infiltración querido muchacho; esa palabra tiene un tono negativo y tiende a indicar una forma de relación en la cual la víctima es dirigida en contra de su bienestar, y nosotros no hacemos eso con la masonería. Simplemente disfrutamos de los aprendizajes muy ricos y valederos que provee y fomenta, y nos servimos de la información que circula y de las personas que pertenecen a ella con el positivo fin de informarnos, como orden que somos, de los movimientos de los antagonistas. Ellos sí la han intentado infiltrar en muchas ocasiones, y ha sido nuestro trabajo luchar contra ellos desde dentro de los templos masónicos para evitar que degraden la orden a una simple pantomima.-

- ¿O sea que dentro de la masonería hay tanto videntes como antagonistas?- Preguntó Oriana, asombrada.

- Sí, hija, por desgracia sí. Aunque dicha institución está protegida a su propia manera contra las profanaciones que individuos malintencionados puedan intentar. Su propia naturaleza, excepcionalmente dúctil y basada en el simbolismo, le permite sobrevivir a casi cualquier intento de desvirtuarla sea desde dentro o desde fuera, que los ha habido a montones en los muchos siglos que la orden masónica lleva viva.-

- ¿Muchos? ¿No son tres?- Preguntó Ignacio.

- Querido Ignacio, tres son los siglos que la orden masónica, digamos, "moderna", lleva viva. Por supuesto, no creerás que en 1717, de la nada misma, a un par de señores en Londres se les ocurrió crear el complejo mecanismo simbólico y ritual que la masonería utiliza desde entonces. No hijo, ese mecanismo ha debido pasar por siglos de depuración hasta alcanzar el grado de ajuste y brillo al que ha llegado. Poderosas mentes han debido de contribuir con grandes esfuerzos para forjar esa herramienta de la psique y por qué no, del espíritu que es la masonería actualmente.-

- Bueno, con ese concepto que usted tiene de la masonería ya me dan ganas de solicitar el ingreso.- Bromeó Demetrio.

Miguel le dirigió una sonrisa afable.

- Sí, me parece una herramienta muy interesante, pero por favor, volvamos al penoso tema que debemos tratar. La cuestión es que desde dentro de la orden me ha llegado información relativa al planeamiento de un atentado contra la figura presidencial. La fuente es altamente confiable, por lo que no puedo permitirme dudar de ella.- Sonrió picarescamente.- Doctor Livingston, por favor....-

- Por supuesto querido Miguel. Muy bien...- Hizo una pausa prolongada, paseando la mirada alrededor, especialmente sobre los dos nuevos integrantes del grupo.- Como casi todos saben, tengo un alto grado dentro de la Orden Masónica de la Argentina, lo que me permite acceder a ciertos círculos muy cerrados, y estar al tanto de los movimientos de la partida de ajedrez del poder, a veces con algunos movimientos de antelación.- Carraspeó como si le costara expulsar las palabras necesarias.- Bien, la cosa es que en la última asamblea masónica a que asistí, me enteré por uno de los hermanos allí presentes, el cual es un antagonista, de que están analizando hacer este movimiento tan drástico.-

Demetrio lo miró extrañado, no pudiendo evitar interpelarlo con dureza.

- ¿Pero cómo es que sabiendo que es un antagonista, no ha hecho nada por sacarlo de la orden masónica? ¿Y cómo es que él no sabe que usted es un vidente y no uno de ellos?-

Livingston lo miró entre divertido y consternado. Miguel hizo gestos como para intervenir, pero Livingston le hizo señas de que no lo hiciera.

- Querido Demetrio, comprendo totalmente tu posición, por lo que demoraré un momento el informe para poder explicarte mi situación, la cual admito es bastante amarga y difícil para mí.- suspiró profundamente.- Las reglas de la estrategia indican que uno debe tener más cerca a sus enemigos que a nadie, incluso que a sus amigos. El razonamiento no puede ser más sencillo; aquellos que no quieren el bien de uno, e incluso que maquinan y planean en detrimento de uno, son aquellas personas a las que uno debe tener lo más cerca posible, dado que es la única manera de poder estar lo más al tanto posible de cuáles podrían ser esas maquinaciones.-

Demetrio seguía mirándolo como si no entendiera.

- Por ello es que no es conveniente expulsar a los antagonistas de la orden masónica. ¿Cómo nos enteraríamos de estos planes si no? Además de ello, en mi caso personal, sostengo una posición ambigua frente a estos hombres, dado que les he hecho creer que estoy disconforme con los videntes, y les he facilitado información cuidadosamente seleccionada junto con Miguel, para hacerles creer que trabajo como un topo aquí entre los videntes. Por ello es que he podido acceder a ciertos niveles de información que de otra manera habrían estado con toda seguridad fuera de mi alcance.-

Ahora Demetrio comenzó a sentir una apabullante vergüenza por su actitud acusadora, lo cual se vio reflejado en el intenso rubor que cubrió su rostro.

- Querido Demetrio, no es necesario sentirse mal, tu actitud es en extremo comprensible, dado lo reciente de tu incorporación al círculo y a la orden en general. No te culpes de ella.- Le indicó amistosamente Livingston. Luego de una breve pausa continuó.- Bien, la cuestión es que este plan parece ser real, por lo que es imperativo que nos pongamos en movimiento para conocer los detalles del mismo y poder desarticularlo. Para ello es que Miguel ha querido utilizar la circulación de hoy para organizar nuestras siguientes acciones tendientes a averiguar los detalles de este plan, y asestar un golpe contundente a los antagonistas que, con los hados a nuestro favor, los mantenga fuera de acción por un buen tiempo.- Hizo señas entonces a Miguel.

- Muy bien queridos hermanos, oído el informe previo, no queda más que determinar los pasos a seguir.- Miró gravemente alrededor, fijando la vista brevemente en cada rostro en el círculo.- La situación es grave. Hay un grupo poderoso de hombres conspirando para matar al Presidente de la Nación. Quiero que tomen unos momentos para comprender totalmente la magnitud de lo que estamos tratando.-

Se hizo el silencio. Se hubiera podido cortar el aire con una navaja. Los rostros graves, se miraban entre sí. Demetrio no terminaba de creer lo que estaba pasando, y otro tanto le pasaba a Oriana, con la mirada perdida al frente, como hipnotizada. "Esto no puede estar pasando". Era un pensamiento compartido por todos en la habitación. Finalmente fue Oriana quién rompió el lúgubre silencio.

- Comprendo que es el ansia de poder de esta gente lo que los motoriza, pero ¿Por qué matar al Presidente? ¿No es acaso demasiado temerario, alocado casi? Siendo como es la mayoría de la gente, simple y bien intencionada ¿No hay manera más fácil de engañar a la inmensa mayoría y seguir teniendo el poder?-

- Querida Oriana.- Replicó rápidamente Miguel.- El problema reside, esencialmente, en que el Presidente actual tiene un gran apoyo de la mayoría, en todo sentido; de la mayoría del pueblo, del parlamento, y del ambiente político y empresarial en general.- Hizo una breve pausa.- Y por desgracia para los antagonistas, de una forma u otra, no es afín a sus intereses. Por ello, podrás imaginar que no está en nada dispuesto a hacer la vista gorda a las andanzas de estos personajes. Les está dando batalla en todos los frentes posibles, quitándoles espacios de influencia cada vez que puede. Claramente, eso le valió el certificado de defunción.-

Miguel hizo entonces una breve pausa para dejar que sus palabras lleguen a ambos jóvenes, dado que Demetrio presentaba la misma actitud algo escéptica de Oriana.

- Dada la severidad del caso, voy a pedir inmediatamente a todos que colaboren en esta tarea. Aníbal, te solicito que te mantengas lo más alerta posible ante cualquier novedad del hombre que te pasó la información. No te expongas innecesariamente, pero cualquier otra cosa que puedas saber será de extrema utilidad. Vamos a necesitar ayuda para seguirle los pasos a este hombre, por lo que les pediré a algunos de los más nóveles dentro de la orden, Ignacio, Marina y Demetrio, que le sigan los pasos y elaboren informes de dónde va, con quiénes se reúne, en fin, todo lo que puedan recabar de sus movimientos.-

- ¿Por qué yo no Miguel?- Preguntó Oriana extrañada.

- Porque el hombre en cuestión ya te conoce, lo mismo que ya conoce al resto de nosotros. El contacto de Aníbal en la masonería argentina es Alfredo, el hombre que se te acercó en la galería de arte.-

XIII

Alfredo salió del edificio del Congreso de la Nación Argentina y se dirigió con paso cansino al bar cruzando la avenida Rivadavia, unos pocos locales pasando la esquina donde antiguamente funcionaba la Confitería del Molino, un emblemático bar declarado monumento histórico nacional, ahora deteriorándose irremediablemente desde su cierre en el año 1997.

Caminaba con la tranquilidad y la familiaridad de quien no tiene nada que temer ni de qué preocuparse, lo cual era algo llamativo en una persona en el desempeño de tan alto cargo como el de Senador Nacional. O al menos así lo pensaba Demetrio, quién en ese momento le seguía la pista.

Llevaba el joven una libretita diminuta, donde iba haciendo lacónicas anotaciones de los movimientos de aquel hombre. Lo estaba siguiendo desde la mañana, según las indicaciones que le diera Miguel la noche anterior, luego de terminada la circulación.

Las noticias recibidas esa noche habían sido como un golpe en el hígado; lo habían dejado estupefacto por un buen rato. Luego hablando con Miguel comenzó a tomar dimensión en su mente de lo dramático de la situación. Desde el frustrado atentado a Hipólito Yrigoyen en 1929 que no se registraba un atentado contra la figura presidencial. De hecho, y a diferencia de otras latitudes donde no han contado con tanta suerte, en Argentina hasta la fecha hubo tres intentos de magnicidio, todos ellos frustrados.

Pero a diferencia de los anteriores, que mostraron cierto grado de improvisación, éste parecía venir enmarcado en un complot a muy gran escala, con la participación de personajes poderosos y encumbrados, y era de prever que no tendrían ninguna intención de improvisar o de dejar detalles librados al azar. No. Lo que hacía una empresa en extremo difícil intentar detenerlos. Y para colmo los antagonistas estaban metidos. Doblemente difícil, caviló Demetrio.

Mientras tanto, el senador se había sentado en un bar y había hecho su pedido. Demetrio dudó. ¿Debía entrar al bar y pedir también o era mejor esperar afuera? Se decidió por esto último, dado que de otra manera hubiera debido pararse e irse en cuanto lo hiciera el otro, aún sin terminar su consumición, lo cual con toda probabilidad habría llamado la atención, si no al senador mismo, al menos a alguno de los del lugar que sabían quién era ese hombre, y podrían denunciarlo creyendo que era algún lunático. "Bueno, con respecto a eso último, no es que lo pueda negar del todo", meditó jocosamente.

Se ubicó en un puesto de diarios y revistas callejero, y comenzó a ojear varios de ellos, en tanto mantenía la visión con el rabillo del ojo sobre el senador y su taza de café. El hombre se tomaba su tiempo. Luego de un buen rato de ojear revistas, se decidió por una, con gran alivio del hombre que atendía el puesto, que ya pensaba que o estaba loco o iba a robarlo. Le pagó la revista y caminó pausadamente en dirección al local al lado del bar, que era una librería. Se dedicó otro buen rato a mirar los libros allí expuestos. Viendo que aquel hombre todavía no terminaba su café, y que a él se le acababan las excusas para estar parado cerca de la puerta del bar, se alejó un poco más por la vereda, hasta una parada de buses, bajo el techo de la cual abrió la revista recién comprada y fingiendo leerla mientras esperaba el bus, se apostó a la espera del senador.

Alfredo finalmente salió del bar, con la mismas apostura calma y parsimoniosa, como si todo el tiempo del mundo le perteneciera. Se acercó a la calle e hizo señas a un taxi. Demetrio se sobresaltó. Miró enseguida detrás del vehículo que ya se detenía, respondiendo a las señas del senador. Otro taxi venía unos metros atrás. Suspiró, y luego le hizo señas discretamente.

- Hola. Siga a ese otro taxi, por favor.-

Indicó al chofer no bien se sentó en el asiento trasero.

- Oiga señor, yo no hago esas cosas...-

El hombre miró en silencio un instante el par de billetes de alta denominación que Demetrio había asomado en el hueco de los asientos delanteros, justo al lado del conductor. Eran equivalentes a su ganancia de un par de días de labor. Mascullando malhumoradamente el taxista agarró los billetes y se puso diligentemente a seguir al otro vehículo.

El taxi de Alfredo tomó la avenida Rivadavia y se sumergió de lleno en el caos de tránsito que a esas horas circulaba por la zona del Congreso. Luego de casi una hora, el taxi se detenía en una zona residencial de la ciudad, casi en las afueras de la misma, en el barrio de Villa Luro.

Allí el senador bajó del auto, el cual partió inmediatamente, por lo que Demetrio supuso que el hombre planeaba quedarse allí un buen rato. Iba a pagar su viaje y bajar, cuando vio a Alfredo ingresar a un local de venta de automóviles. Pensándolo mejor, le pidió al chofer que lo espere. No fuera que el hombre al que seguía se fuera de allí en otro vehículo y el estuviera de a pie. El taxista situó el auto justo fuera de la vista del local donde había ingresado el senador, y Demetrio bajó, acercándose a la puerta del mismo con cautela.

Mientras se acercaba, sacó su teléfono celular y llamó a Ignacio para pedirle que se acerque al lugar lo antes posible, para reemplazarlo. Hacía un buen rato que seguía a Alfredo, y por demasiados lugares de la ciudad, por lo que éste podía descubrirlo en cualquier momento, asociar su rostro con varios lugares en que estuvo en el día y atar cabos. Había que cambiar de seguidor urgentemente, para proteger no sólo su propia persona, sino además el propio objetivo de la operación. Una vez Ignacio confirmó la dirección, Demetrio cortó e ingresó al local.

Dentro, Alfredo se había detenido junto a un hombre un poco más bajo y algo más joven, de pelo castaño ensortijado, el que le mostraba unos dientes artificialmente blancos, en un sonrisa tan artificial como los anteriores. "Vendedores de autos". Pensó Demetrio. Por supuesto, había buenos, pero eran los malos los que le hacían la fama al gremio. Y este tenía el aspecto de esos últimos. El vendedor le hizo señas a otro hombre, que ya se acercaba, y los tres enfilaron a una oficinita al fondo del local, cerrando la puerta tras de sí.

Demetrio ingresó al local, conteniendo su ansiedad y caminando con tranquilidad, mirando los autos exhibidos. Al poco se le acercó otro vendedor del local a preguntarle en que lo podía ayudar. Él se acercó al auto más próximo a la oficina donde se habían metido los dos vendedores y el senador, y le hizo algunas preguntas de rutina al vendedor. En tanto este contestaba también rutinariamente, con un tono algo monótono, Demetrio intentaba atisbar lo que sucedía en la oficina. La puerta y ventana estaban cerradas, por lo que no captaba sonido alguno de la habitación. Sin embargo la persiana no estaba completamente cerrada, por lo que se podía entrever a los tres hombres, dos de ellos sentados y uno, que estaba casi seguro era el senador, parado cerca de un pizarrón, en el que parecía estar escribiendo algo.

De pronto notó demasiado silencio. Levantó la vista. El vendedor lo miraba extrañamente. Había dejado de hablar hacía ya un momento, y él se había ensimismado en lo que pasaba en la oficina, a la que miraba por el rabillo del ojo en tanto fingía oír lo que el hombre decía.

- Disculpe caballero, realmente viene siendo un día muy pesado; a pesar de que quiero conocer más del vehículo, tengo la cabeza en otro lado. ¿Será posible pedirle algunos folletos acerca de este automóvil?-

El hombre asintió con una media sonrisa. "Por supuesto". Se alejó en dirección a unos armarios bajos que había en la otra punta del local. Demetrio miró alrededor; no había nadie a la vista. Mientras que el vendedor se ocupaba en llegar al armario, él se inclinó ligeramente sobre el vehículo, como si intentara apreciar algún detalle particular, en tanto que girando levemente el cuello, se esforzaba por ver un poco más de lo que pasaba en la oficina.

Alfredo estaba parado frente a la pizarra, gesticulando a los otros hombres. Intentó ver lo que había escrito en la pizarra. Alcanzó a identificar algo que le pareció el apellido del Presidente de la Nación, con unas flechas que salían en ambas direcciones, y otras palabras que no llegaba a identificar. Estaba a punto de moverse más cerca de la oficina cuando el vendedor le extendió un manojo de folletos. No había posibilidad de seguir allí y no llamar la atención de aquellos hombres. Era demasiado peligroso; si estaban dispuestos a mandar al otro mundo a un Presidente, desde luego que no les temblaría el pulso en liquidar a un insignificante zapatero. Había que salir de allí.

Le agradeció al tipo, y se disponía a partir cuando la puerta de la oficina se abrió. Los tres hombres pasaron al lado de ellos, en dirección a la salida del local. Demetrio se despidió del hombre, que volvió a su escritorio, y al caminar hacia la salida pasó por la puerta abierta de la oficina. Intentó ver la pizarra nuevamente, pero la habían borrado. Y eso era todo. Alfredo ya estaba despidiéndose de aquellos hombres y saliendo del lugar. No parecía haber notado su presencia.

Demetrio suspiró disimuladamente, tratando de aflojar la tensión. Salió del local intentando parecer lo más despreocupado posible, en tanto sentía la mirada de los hombres que habían estado en la oficina en la nuca.

Ya fuera del lugar, se dirigió al taxi, que aún aguardaba. Estaba por subir cuando sintió que alguien le tomaba del brazo. Se sobresaltó y girándose violentamente se aprestó a defenderse. Ignacio lo miraba como si fuera un alucinado.

- ¡Pero qué mierda!- Exclamó Ignacio dejando ver el susto. Demetrio lo miró bobamente un segundo, y luego comenzó a reír histéricamente.

- ¡Perdón! Esto me está poniendo un poco nervioso. Necesito un respiro.-

- Por supuesto, pero que bonito susto me diste Demetrio.- Masculló el otro, ya aliviado y con una incipiente sonrisa.- De todas formas, no hacía falta hacerme mear en los pantalones, carajo.- Ahora Demetrio sonrió nuevamente.

Alfredo ya se alejaba a pie por la avenida, por lo que había que abreviar los saludos. Ignacio subió al taxi, mientras Demetrio lo saludaba e indicaba al taxista que le cedía el turno a Ignacio, y que él se encargaría de pagarle el resto del viaje. El hombre farfulló alguna obscenidad, maldiciendo la hora en que aceptó esos billetes, pero asintió con la cabeza, con un extra de fuerza luego de que Ignacio le acercó otro par de billetes extra. Claro que tampoco había que negarse a trabajar, especialmente si estaba muy bien pago.

El taxi siguió esperando, hasta que Alfredo paró un nuevo coche de alquiler, momento en el cual arrancó, siguiendo la pista del senador. Demetrio suspiró realmente aliviado. Era momento de volver a casa.

Oriana lo esperaba en su casa. Él le había dado llave hacía unos días. No estaba seguro de si las extraordinarias circunstancias lo habían empujado a hacerlo, o si era que realmente se sentía tan en confianza con ella. La cosa es que ella estaba allí esperándolo, en la cocina, preparando algo de comer. Era casi una escena de la vida conyugal, pensó jocoso.

Se lo dijo a Oriana, y también le pareció gracioso. Riendo, tomaron los platos y fueron en dirección a la mesa. En tanto comían, Demetrio le contaba lo sucedido con el senador. Había sido un largo, largo día, y la tensión lo había dejado exhausto. Luego de comer él preparó un café fuerte, y siguieron hablando. Ella ofreció hacerle unos masajes en el cuello, tenso como acero, a lo que él accedió, agradecido.

Terminado el café, y terminados los masajes, se miraron un momento en silencio, y luego él se incorporó y, tomándola de la mano, la llevó a su dormitorio. Allí, como venía sucediendo desde hacía unos días, se desató esa tormenta que los nublaba; las pasiones exacerbadas hasta puntos inimaginables antes de conocerse.

Una vez amainó la tormenta, desnudos en la cama, extasiados en la calidez de los cuerpos apretados entre sí, siguieron hablando. Hacían falta muchas palabras para conocerse un poco. Quizás no tanto por las palabras en sí, sino posiblemente por la elección de las mismas, el tono con que eran emitidas, las formas de expresión utilizadas; eran todos elementos que permitían de a poco ir conociendo la personalidad de quién hablaba. Y además de eso, por el disfrute de hablar en aquella intimidad. Cuerpo contra cuerpo.

El celular de Demetrio emitió un pitido, cortando el clima. Se levantó de la cama y fue a buscarlo. Era Ignacio. Hizo señas a Oriana y puso el aparato en el modo manos libres.

- Demetrio, acabo de ver entrar al senador a su casa. Lo seguí un buen rato, pero no hizo más que algunas paradas inconsecuentes en el mercado y en un puesto de revistas, y luego se dirigió a su casa. Al menos hasta donde se puede apreciar, da la impresión de que el día acaba de terminar para él. Resta ver si durante la noche realiza alguna actividad.-

- Perfecto Ignacio, muchas gracias por la información.- Miró a Oriana mientras preguntaba.- ¿A qué hora voy a reemplazarte allí?-

- En cualquier momento pasada la medianoche está bien. No hay necesidad de que los dos tengamos una mala cena.- Hizo una breve pausa, dubitativo.- Dale mis saludos a Oriana.-

- Claro, por supuesto.- Ella escuchaba todo así que sonrió, algo incómoda.

Una vez cortada la comunicación, charlaron un rato acerca de lo que estaba sucediendo. No podían creer cómo de ser dos seres humanos corrientes hace apenas un par de meses atrás habían llegado a esta mezcla entre lo sobrenatural y el espionaje. Y el panorama era cada vez menos alentador, a menos que pudieran frenar los avances de estos renegados, ahora devenidos en conspiradores de un magnicidio.

La noche los encontró pronto, aún en medio de sus cavilaciones, y Demetrio hubo de cenar y emprender el camino hacia la casa del senador renegado, a reemplazar al pobre Ignacio que llevaba horas allí mirando la nada, a la espera de que algo sucediese.

La guardia de Demetrio durante la noche no aportó ninguna novedad. Alfredo no se movió de su casa en toda la noche, por lo que Demetrio terminó leyendo casi por entero una novela barata que había comprado de camino a reemplazar a Ignacio. No es que no tuviera ninguna literatura en la casa, sino más bien que quería algo pueril que leer, algo a lo que no hubiera que prestarle demasiada atención.

Por la mañana Marina se acercó al vehículo donde Demetrio había pasado la noche, sobresaltándolo al golpear la ventanilla. Ella sonrió, pidiendo disculpas. Él no estaba dormido, sino en un estado de sopor tal que, aún despierto, estaba un poco ausente, y no había notado el acercamiento de ella al coche.

Hoy le iba a tocar descanso, por lo que podría dormir y estar con Oriana. La sola idea le inyectó nuevos bríos, despertándolo de su ensimismamiento. Saludó a Marina, le resumió sumariamente las nulas actividades del senador desde anoche, y se despidió deseándole una buena faena.

Sin embargo cuando ya se retiraba, Marina le dijo que Miguel necesitaba verlo antes de que fuera a descansar. Demetrio no tenía mucho ánimo de charlas, cansado como estaba luego de una noche entera –y eterna, por el supino aburrimiento.- de vigilia, pero dadas las circunstancias se dispuso a ir al local de reuniones, a reunirse con Miguel.

Éste se encontraba, como siempre, dando una charla. En la ocasión versaba sobre los beneficios de la meditación, en sus variadas versiones, para la salud no sólo mental sino también física de las personas. Como ya era habitual en él, Demetrio se sentó en la última fila a escuchar la disertación de Miguel.

Pero a diferencia de otras ocasiones, el joven estaba demasiado nervioso como para poder atender a la charla. No podía quitarse de la cabeza toda la información que en los últimos días le había llegado. Los videntes habían pasado de ser un grupo apacible y enriquecedor que podría quizás tornarse una poderosa herramienta para resignificar su vida personal, en una sociedad secreta de cuasi espías que debían luchar contra sus archienemigos, los antagonistas, para preservar la paz nacional. "Puesto así suena bastante descabellado". Pensó Demetrio, sonriendo para sus adentros.

Se sobresaltó al sentir una mano en su hombro. Levantando la vista, se encontró con los ojos de Miguel, parado al lado suyo. La charla parecía haber terminado hacía un buen rato, dado que ya no había ninguna otra persona alrededor. Miguel lo miraba con una sonrisita entre amistosa e irónica.

- No dejes que estas circunstancias te hagan dudar

muchacho. La orden es un lugar maravilloso, llena de gente maravillosa, y puede servirte para descubrir tu norte, tu razón de estar aquí presente en este mundo. No dejes que una coyuntura opaca como la actual te prive de poder apreciar eso.-

- Sí, comprendo Miguel. Supongo que estoy un poco cansado. Estos últimos días resultaron agotadores.-

- Claro. Bueno no quiero demorarte mucho en camino al descanso. Sólo te hice venir dado que quería saber tus apreciaciones más, digamos, viscerales de tu tarea de seguimiento al senador.- Demetrio arqueó las cejas intrigado.- Lo que quiero saber es si sentiste en algún momento una intensa náusea junto con una presión notoria en la base del cuello, como si alguien te apoyara un objeto duro en la nuca.- Ante la negativa del joven Miguel suspiró, aflojando el gesto tenso que había ido ganando mientras le hablaba.- ¡Perfecto! Bueno, esa sensación, si alguna vez te sucede, puede indicar que algún otro vidente -o antagonista.- está intentando leerte; es decir, intentado prever lo que vas a hacer e incluso obtener algún atisbo de tus pensamientos.-

Demetrio lo miraba con gesto de asombro creciente mientras miguel se explicaba.

- No entiendo.- Contestó tontamente.

- Para algunos portadores muy poderosos y con cierto tiempo de ejercitar el don, es posible lograr cosas fuera de lo común, incluso para nosotros. Esto que te menciono es algo que un portador así podría hacer; de hecho, creo haber sido presa de ello en una ocasión por parte de este mismo antagonista.- Ante la mirada inquisidora de Demetrio, Miguel cambió de tema.- Es una larga historia. En otra ocasión. Pero no olvides lo que te dije, ya que él podría intentarlo nuevamente.-

Demetrio asintió. Estaba muy cansado, pero no se sentía tranquilo como para poder conciliar el sueño. La tensión había hecho mella en él. De a ratos sentía mareos, en tanto que imágenes inconexas de visiones le pasaban por delante de los ojos en veloces flashes. Se lo dijo a Miguel, quien le sugirió descansar en esa ocasión en uno de los ataúdes de plomo que guardaban en el local. Demetrio asintió agradecido, recordando lo que Roberto les había contado a Oriana y a él respecto de esa práctica, y luego de saludar al hombre se encaminó a la sala de los ataúdes.

En tanto caminaba por el pasillo, llamó a Oriana para dejarle saber cómo se sentía, y que iba a hacer caso del consejo de Miguel y tomar un descanso en la sala del local. Ella le dijo que no había ningún problema, y que luego lo pasaría a buscar por allí.

La sala estaba como la recordaba; los ataúdes como únicos elementos dentro de la habitación. El ambiente apacible, ahora le parecía menos tenebroso que la última vez que estuvo allí. Cerró la puerta de la habitación despacio, eliminando con ello los ruidos de la calle. El silencio era casi total. Se sentó en uno de los ataúdes, para luego estirarse dentro, y dejar caer despacio la pesada tapa de plomo.

La oscuridad, así como el silencio, fueron entonces totales. Apenas unos segundos luego, las imágenes, el mareo, el dolor de cabeza, eran ya cosas del pasado. Sentía una calma inusual, como nunca había sentido antes. No podía evitar el paralelismo con la muerte, pero en realidad no le preocupaba. Si la muerte le iba a proporcionar esa misma sensación, no era algo que debiera temer. De pronto los ojos le parecieron pesados. Los cerró despacio, tranquilo, mientras seguía aún disfrutando de la calma que lo invadía, y poco a poco, se durmió.

XIV

El teléfono de casa de Demetrio sonó. Oriana estaba dormitando en la cama cuando lo oyó, y hubo de hacer un esfuerzo para salir de su sopor y atender. La noche anterior no había casi dormido, preocupada por Demetrio. Ahora el cansancio le estaba pasando factura. Sentía el cuerpo pesado como plomo mientras caminaba en dirección al teléfono.

- ¿Sí? -

- Hola Oriana. Aquí Marina. Ignacio me dijo que podría encontrarte allí. Tienes que venir enseguida al local de reuniones. Hay novedades. Es importante.-

Había un tono imperioso en Marina que prendió las alarmas de la joven.

- Claro. Sí.- contestó la joven, en tanto sacudía la cabeza, tratando de espabilar.- enseguida voy para allá.-

Colgando el teléfono, se dirigió con premura al

baño, donde se lavó la cara con agua fría. Se miró al espejo un instante. Un rostro demacrado, aún somnoliento a pesar del miedo le devolvió la mirada.

¿Y si había pasado algo a Demetrio? No podía ser, la última vez que habló con él estaba ya en el local, disponiéndose a descansar. ¿O no? ¿Le habría mentido, presionado por alguien que estuviera junto a él? ¿Estaría en peligro?

Debiera haber preguntado a Marina de qué se trataba, o al menos si estaba relacionado con Demetrio. Pero no lo había hecho, y ahora no sabía dónde llamar nuevamente a la mujer, por lo que lo mejor sería volar al local lo más rápido posible.

Con esa psicosis típica del enamoramiento temprano, donde a veces el enamorado teme por alguna razón desconocida que el mundo le puede arrebatar a su amado, Oriana se vistió con creciente urgencia, y saliendo a la calle casi corriendo subió al primer taxi que encontró, dando la dirección del local con tono angustiado.

Entró al local casi corriendo, y con las lágrimas apenas contenidas, encaró a Marina, que estaba frente a la puerta de la sala de reuniones, preguntando con voz trémula qué había pasado. Marina la miró un poco extrañada, que luego se tornó en una amplia sonrisa. Puso una mano en el hombro de Oriana con gesto evidentemente tranquilizador.

- ¡Ay tontita enamorada! ¡No pasa nada! Tu muchacho está descansando como un angelito desde hace un rato; llegó aquí sin un rasguño. No son respecto de él las novedades, sino de nuestro tema con los antagonistas...- su mirada ensombreció al recordar cuáles eran las noticias.- Pero pasa por favor, en la sala Miguel informará a todos.-

Oriana suspiró aliviada. No sintió vergüenza alguna al ser leída tan cristalinamente por Marina. Al contrario; se sintió menos sola, más comprendida. En parte era ese uno de los grandes atractivos que la movían a estar cada vez más cerca del círculo de videntes. Ese sentimiento como de retorno al seno materno; protegida, comprendida, sostenida por aquellas personas tan generosas con su tiempo y energía. Su carácter algo sumiso le había venido haciendo sentir cada vez más la soledad de "hacerse mayor", como decían sus padres. Ella había creído, basada en los criterios recibidos de sus padres y en su timidez y apocamiento, que "hacerse mayor" era lo que le estaba pasando; sentirse sola, un poco desamparada, vulnerable. Entonces habían comenzado las visiones. Pensó que se estaba volviendo loca. Pero sus hermanos videntes habían cambiado totalmente el panorama. No solamente no estaba loca, sino que nunca más volvería a estar sola. Aunque en el universo cada pequeña llamita que era un alma humana fuera apenas perceptible, la actividad mancomunada y el vínculo cercano y permanente entre esas pequeñas y maravillosas llamitas creaba un gran foco de luz, del que todos se retroalimentaban. Y ella se sentía ahora parte de ese gran foco, y el calor y la luz del mismo la hacían sentir intensamente viva.

Al entrar en la sala de reuniones, Demetrio ya estaba allí, expectante, mirando en dirección a la puerta, evidentemente a la espera de su aparición. Al ingresar Oriana seguida de Marina, ésta última cerró la puerta, y enseguida Miguel les pidió a todos que se ubicaran en el círculo para comenzar. Oriana se sentó junto al padre Ángelo, a tres personas de distancia de Demetrio. Sin embargo, en cuanto Miguel pidió que se tomen de las manos para realizar la cadena de unión en la manera ya habitual y comenzar la circulación, ambos sintieron como si las manos que estuvieran tocando fueran las de su amado. La energía que circulaba era tal que debía ser evidente para todos, dado que Miguel rió alegremente, y sin soltar las manos, se dirigió a todos.

- Queridos hermanos, hoy nuestro amigo amor está presente entre nosotros. No el amor con mayúsculas, que es la unión de toda la humanidad, como aquel que sienten los enviados de Dios, como el galileo y tantos otros, sino el amor con minúsculas, vale decir, el pequeño amor, ese sentimiento tan benigno que hace que dos almas se sientan especialmente hermanadas y deseosas de ayudarse mutuamente.- Hizo una breve pausa dado que su garganta, como siempre, sufría luego de sus largas charlas de la tarde.- Sin embargo de ser pequeño, es nuestro amigo, ya que nos permite expresar por un alma una afinidad intensísima, y es requisito el sentirlo para luego poder alguna vez sentir el gran Amor. Saludemos pues, hermanos, al amor que hoy entre nosotros circula, gracias a nuestros queridos jóvenes Demetrio y Oriana.- Ambos sonrieron tímidamente ante la referencia explícita.- Y ahora, como es habitual, les pido que demos gracias a la providencia que ha permitido que hoy podamos todos reunirnos aquí a efectuar nuestros trabajos de perfección, y tomemos unos instantes para mentalmente agradecer a nuestra idea de la divinidad por estar vivos, y seguir teniendo la posibilidad de ser mejores día a día.-

Todos guardaron silencio unos momentos, durante los cuales la intensidad del amor de los dos jóvenes circuló por todos, las palmas de las manos muy calientes, y una sensación de serena felicidad invadiendo todo el círculo durante ese lapso. Luego de unos momentos Miguel, arrugando un poco el semblante, hubo de sacarlos de ese maravilloso estado.

- Hermanos, lamento tener que tratar temas tan penosos como el que nos ocupa en medio de un ambiente tan pacífico, aunque por otro lado quizás eso nos sea de ayuda para hallar una solución a nuestras dificultades.- Miró al doctor Livingston. Aníbal, por favor...-

- Por supuesto, venerable hermano Miguel.- Livingston miró los rostros en el círculo con gesto grave.- En el día de hoy, y gracias al trabajo mancomunado que todos venimos llevando a cabo, hemos podido interceptar una comunicación de Alfredo con otro de sus asociados, al que no pudimos aún identificar, en la que ambos mencionaban el gran evento a realizarse durante la conferencia de prensa que el Presidente de la Nación dará dentro de dos semanas, con relación al proyecto binacional con nuestro hermano país de Chile para la explotación de los yacimientos minerales en la zona cordillerana, el cual se realizará con capitales de ambas naciones y se ejecutará con los mayores cuidados respecto del medio ambiente.- Livingston enarcó una ceja.- Al parecer este proyecto es insigne de la confrontación entre el Presidente y los antagonistas, dado que ellos está haciendo un muy intenso lobby a favor de una multinacional en manos de uno de ellos, la cual planeaba ejecutar el proyecto, como se imaginarán, en una condiciones muy distintas de las actualmente estipuladas.- el doctor miró al sacerdote, que tomó entonces la palabra.

- A la luz de esta información, debemos tomar las medidas adecuadas para evitar que el atentado tenga éxito, y a la vez detener a estos hombres y no dejar a espacio a un nuevo intento. En la conversación de estos hombres surgió que ciertos amigos de Alfredo serían los encargados de ejecutar la tarea. Creemos que se referían a las personas que el senador visitó en Villa Luro, en el local de venta de automóviles.-

Demetrio tosió ocultando una incipiente risita.

- Perdón querido hermano, tengo en poca estima a los vendedores de autos, pero me permito dudar si acaso semejante tarea no será demasiado para un par de sujetos como esos.-

- Y haces bien en dudar, Demetrio.- Replicó el sacerdote.- Pero por ahora no contamos con mayores detalles por lo que, en principio al menos, debemos asumir que ése es el plan de estos hombres.-

- ¿Deberíamos detenerlos? ¿O denunciarlos a las autoridades?- Terció Oriana.

- No.- Replicó el doctor Livingston, tajante.- Si lo hacemos puede que evitemos este intento, pero habrá otros. Hay que seguir tirando del hilo, hasta conocer a todos los implicados, reunir información, pruebas inclusive, y meterlos a todos en una jaula de la que no puedan volver a salir. Tenemos que asegurarnos de que esto se acaba ahora.-

- Aníbal tiene razón.- Intervino Miguel.- Conozco por desgraciada experiencia personal el tesón para el complot de estos personajes. Si no les damos un golpe contundente, van a volver más fuerte aún al ruedo, y quizás la siguiente ocasión no tengamos la suerte de poder verlo venir.-

- Y para lograr esa contundencia, vamos a necesitar de la ayuda de todos los círculos activos en el país. Al menos de todos lo que podamos reunir en el breve tiempo de que disponemos.- Dijo el padre Ángelo.- Por eso es que a pedido de Miguel me he puesto en contacto con integrantes de todos los otros círculos con que nos mantenemos en contacto para pedirles que manden representantes a una reunión citada hoy mismo dentro de una hora, para poder tratar este tema y pedir su ayuda.-

- A los efectos de poder iniciar dicha reunión, vamos a dar por terminada la circulación del día, fijando como tema para nuestra siguiente reunión el mismo que hoy nos ocupa. Vayan todos en paz.- Declaró Miguel con un dejo de preocupación en su voz.

Todos se fueron incorporando, expectantes por la reunión que estaba a punto de comenzar. A una seña de Miguel, Roberto se dirigió a la puerta de la sala, la cual abrió levemente, espiando hacia fuera por la hendija.

- Creo que ya están todos, venerable hermano.-
- Muy bien Roberto, que pasen.- Ordenó Miguel.

Roberto abrió entonces la puerta completamente, saliendo al salón principal del local. Luego de unos momentos, comenzaron a ingresar personas de los más variados aspectos. Se hacía evidente que venían de mucho lugares diferentes, a juzgar por su vestimenta, unos muy abrigados, otros con ropas ligeras; algunos muy morenos como consecuencia de vivir constantemente expuestos a la acción del sol, otros pálidos, evidencia de una vida privada de aquella acción. Fueron ingresando en silencio, saludando con un leve asentimiento de la cabeza, y ubicándose todos alrededor de la sala, en los bancos que había contra las paredes. Elsa colaboraba en la organización, indicando lugares vacíos donde los visitantes pudieran sentarse. Hizo falta que Roberto trajera más sillas del salón del local, para poder acomodar la gran cantidad de concurrentes.

Cuando todos se hubieron acomodado, Miguel se levantó de donde esperaba pacientemente, y se ubicó en el centro de la sala. Todo murmullo cesó, las miradas fijas en el hombre parado frente a ellos. Miguel cerró los ojos un momento, y al abrirlos dirigió la mirada al techo, como pidiendo inspiración divina. Suspiró lentamente, y mirando alrededor comenzó a hablar.

- Queridos hermanos todos, les agradezco el esfuerzo que han hecho de venir a esta asamblea que se ha citado con tan poco aviso. Sé que muchos han venido de muy lejos, por lo que toda necesidad que pudieran tener de techo y comida hasta el feliz retorno a sus hogares, les ruego me la hagan saber, para poder asistirlos en todo lo que podamos.- Hizo una muy breve pausa.- Bien, salvados esos detalles de organización, vamos a empezar a tratar el tema que hizo necesaria tan urgente asamblea.-

Miguel describió entonces lo sucedido en los últimos días, desde que Aníbal trajo la información del plan de magnicidio de los antagonistas. El informe fue pormenorizado, incluyendo en la medida en que los tenía presentes los nombres de cada persona que hizo seguimientos y que descubrió información, así como los días y la hora en que cada cosa tuvo lugar. No omitió nada. Durante el informe de Miguel todo el mundo se mantuvo en el más estricto silencio, las miradas fijas en el locutor, atentos a cada detalle. No hubo ninguna interrupción, ninguna pregunta; el silencio parecía algo sólido en la sala, un integrante más de la asamblea.

Sin embargo, al terminar Miguel, se desató el caos. Todos querían preguntar, opinar, proponer posibles acciones. El silencio dejó su lugar al pandemónium. Miguel miró en dirección al doctor Livingston buscando ayuda, quien inmediatamente se puso de pie y se acercó al medio de la sala, situándose al lado de Miguel, y haciendo grandes gestos con los brazos mientras pedía silencio.

Luego de unos instantes más de confusión general, las voces se fueron acallando. Miguel entonces pidió que, respetando el orden circular en que estaban sentados, cada uno fuera aportando sus opiniones respecto de la situación. Apenas hubo aún un poco de confusión hasta que todos se adecuaron a la situación, que después de todo no distaba demasiado de una gran circulación; todos a su debido tiempo iban a tener oportunidad de tomar la palabra y decir su opinión.

Al poco de comenzada la improvisada circulación se hizo notorio que no llegarían a un acuerdo tan fácilmente. Las opiniones respecto de qué hacer eran tan variadas e incluso algunas tan descabelladas que

Miguel comenzó a preocuparse. La mayor parte de las opiniones estaban divididas entre dos caminos; o bien denunciar inmediatamente los planes de estas personas, buscando toda información relativa a poder probar las acusaciones contra el senador y sus secuaces, y la otra posición era la ya explicitada por el doctor Livingston; esperar, identificar a todos los actores de ese drama, y reunir pruebas para asestar un golpe definitivo a la organización de los antagonistas; uno del que incluso quizás no se recuperen.

Además de esas posibilidades hubo algún exaltado que propuso "liquidar" a los antagonistas involucrados en aquella operación. Por supuesto la sola mención fue desaprobada entre murmullos de espanto. De todas maneras, Livingston tomó nota mental de la persona que dijo eso. Ya se pondría en contacto con su círculo para hacerles saber el grave estado de salud espiritual de aquel pobre diablo.

Una vez todos expusieron sus opiniones, y viendo cómo las mismas estaban polarizadas entre las dos posiciones antes mencionadas, Miguel pidió que se vote a mano alzada entre las dos opciones. Livingston y el padre Ángelo se ocuparon de contabilizar los votos de cada opción. La diferencia era a favor de esperar y obtener más pruebas y la identidad del resto de la organización, pero apenas alcanzaba 5 votos de diferencia, de poco menos de cien personas que se hacinaban en aquella sala en ese momento.

Miguel propuso que, dada la escasa diferencia, se

pidiera una circulación extraordinaria en cada uno de los círculos allí representados, la cual debería llevarse a cabo al día siguiente de ser posible, o al otro si no, y en la que debería votarse por una de aquellas opciones, y fijó una nueva asamblea para dentro de dos días a la misma hora, momento en el cual los delegados de cada círculo ya tendrían los resultados de esas votaciones, y en base a ello decidirían finalmente qué hacer. Todos estuvieron de acuerdo.

La asamblea se dio entonces por terminada, y los videntes comenzaron a desalojar la sala. Los miembros del círculo anfitrión sin embargo aún se quedaron luego de que todos habían partido.

- Queridos hermanos, deberemos esperar a pasado mañana para saber cómo continuar con esta peripecia.- Dijo Miguel.- Sin embargo, mientras tanto debemos seguir con las tareas que hemos venido llevando a cabo. Ignacio está vigilando al senador, por lo que te ruego Demetrio que vayas ahora en su reemplazo, así puede tomar un merecido descanso. Aníbal, Ángelo, les pido que se hagan cargo del resto de las tareas hasta que mañana recibamos respuesta del resto de los círculos.-

- Por supuesto venerable hermano.-

Una vez dadas las directivas, Miguel se sentó unos instantes en uno de los bancos a los lados de la sala, mientras Demetrio, haciéndose a la idea de que esa noche tampoco iba a tener un buen descanso, se despedía de Oriana con un beso escueto, aunque el abrazo en que se fundieron delataba la mayor intensidad de sus emociones. Miguel estaba extenuado; sentía el cuerpo desfallecer ante el trajín al que lo había sometido los últimos días. Decidió que estaba demasiado cansado y tenso como para dormir normalmente esa noche. Saludando a los demás, abrió la puerta que daba al pasillo y se dirigió a la sala de reflexiones, donde un mullido cofre de plomo le permitiría el tan necesario descanso.

XV

Pasaba la medianoche cuando Demetrio se acercó al coche donde Ignacio aún montaba guardia, unos metros antes del frente de la casa del senador. Se aseguró de que el otro lo veía y reconocía antes de golpear el vidrio, para evitar tomarlo por sorpresa.

- Miguel me envió para reemplazarte; es hora de que vayas a descansar. Y perdón por la demora; es que la circulación se prolongó más de lo esperado. Ya te contarán el detalle de todo lo sucedido luego.-

- Claro. Gracias Demetrio.- Saludó Ignacio con gesto agotado.

Bajó del auto, dejando el asiento al otro, en tanto él se ponía su campera y se aprestaba a partir. Realmente necesitaba descanso. Los últimos días habían sido extenuantes, con guardias ininterrumpidas detrás de los pasos del senador.

Una vez Ignacio se retiró, Demetrio se acomodó en

el asiento y sacó un nuevo libro que había comprado para hacer llevadera la estadía durante la noche. El otro lo había terminado la noche anterior. Esta vez había llevado un librito de mala muerte de un autor poco conocido, un tal Constantino Eneas. El libro se llamaba El Tiempo Por Vivir. Demetrio no se sentía particularmente excitado por la trama, pero al menos parecía entretenido y corto, justo como para pasar la larga noche que le esperaba.

El libro lo sorprendió gratamente. Se trataba de una novela psicológica con un estilo bastante místico, iniciático podría decirse. Lo atrapó por completo. Tan ensimismado estaba en la historia de Gabriel De Uriarte, el protagonista de la novela, que casi se le pasa por alto la por demás tardía visita que estaba en la puerta de la casa del senador, esperando ser atendido. Se sobresaltó al notar la presencia.

Una figura esperaba frente a la puerta de la casa. Vestía una larga gabardina color crema, y su cabeza estaba cubierta por un sombrero de corte unisex. De espaldas y en penumbra era imposible decir si era hombre o mujer. Demetrio se quedó mirando con atención. Al poco la puerta se abrió, sin dejar ver a nadie detrás de ella, y la persona ingresó sin dudar a la casa. La puerta se cerró inmediatamente y con cierta fuerza, dado que el sonido del portazo llegó hasta donde estaba Demetrio

Suspiró, sin saber muy bien que hacer a continuación. Pensaba en acercarse a la casa, pero sería muy expuesto. Unos minutos después, mientras aún estaba indeciso, sintió un mareo, y una intensa náusea lo hizo arrugar el rostro, en tanto sentía una fuerte presión en la nuca. Recordó lo que le había dicho Miguel. Alguien estaba intentando leerlo. De pronto lo invadió el terror. Se bajó del auto y corrió por la vereda. Cruzó la calle y siguió corriendo, hasta alejarse de la vista de la casa. A unos doscientos metros de la casa la sensación se esfumó tan repentinamente como había aparecido. Demetrio se detuvo en seco.

"Sabe que estamos aquí". El solo pensamiento lo preocupó. Era imposible prever las implicaciones de ese hecho. Alfredo era un hombre poderoso, en el sentido propio del don que compartían, y también en el sentido mundano. Era un Senador Nacional. El miedo que comenzaba a sentir se vio opacado por un nuevo pensamiento, el cual era aún más terrorífico. "¿Desde cuándo sabe que estamos aquí?". Si la respuesta a eso era la peor, era imposible saber cuánto de lo que creían saber era cierto.

Llamó a Oriana, en tanto se acercaba nuevamente a la casa, ahora sí dispuesto a intentar discernir al misterioso visitante y el motivo de su visita; de nada servía la discreción si el hombre ya sabía que estaba ahí. El teléfono sonaba y sonaba, y de pronto Demetrio se horrorizó al oír el pitido del celular de Oriana, desde dentro de la casa de Alfredo. "¡La visita era ella!". El corazón casi se le detiene.

Oriana estaba llena de miedo ante lo que le proponía el sacerdote. No estaba para nada segura de poder llevar a cabo aquello. Y no le gustaba no poder decirle a Demetrio lo que iba a suceder. Sentía que de alguna manera lo estaba traicionando, aunque racionalmente comprendiera que era por el bien de ambos que debía esperar para hablar con él al respecto. Además, le parecía que el padre Ángelo depositaba en ella una confianza mucho más grande de la que ella en realidad sentía.

Cuando terminó la asamblea general, y luego de que Demetrio se despidiera para ir a reemplazar a Ignacio en la vigilancia de Alfredo, el sacerdote la llamó aparte. Le dijo que había una misión muy importante que realizar, y le pidió si por favor podía encargarse de ella. En principio Oriana accedió, pero a medida que el sacerdote le explicaba los detalles, su cara se iba transformando en una máscara de miedo.

- Pero padre, yo no puedo...- Oriana hizo silencio un instante.- Tengo miedo.-

Dijo con lágrimas en los ojos. El sacerdote le dedicó una mirada benevolente, en tanto le pasaba un brazo por los hombros en actitud paternal.

- Hija, claro que puedes. No debes tener en tan poca estima tu potencial.- Le sonrió amablemente.- Claro que está en tus posibilidades. No te estaríamos pidiendo esta gran tarea si no supiéramos más allá de cualquier duda que eres capaz de realizarla.-

- Pero y si algo sale mal...-

- Claro.- El hombre hizo una pausa.- Siempre algo puede salir mal. Después de todo somos seres humanos, y podemos cometer errores. Lo importante es que intentes con todas tus fuerzas que las cosas vayan bien. Luego dependerá del azar, o de Dios, pero tú habrás hecho todo de tu parte.-

El padre Ángelo le habló aún un buen rato, dándole ánimos para la difícil tarea que se le había encomendado. Finalmente Oriana cobró valor y despidiéndose de todos los presentes, partió a cumplir con lo que se le había pedido. "Ojalá que Miguel esté en lo cierto respecto de Oriana". Él no estaba tan seguro de que la joven pudiera realmente hacer lo que era necesario hacer, aunque por supuesto se había guardado bien de dejar que ella lo supiera.

Alfredo llegó a su casa al atardecer, luego de un día casi por completo dentro de lo ordinario. Como ese día hubo labor parlamentaria, pasó gran parte del mismo en el Congreso Nacional. Luego había visitado a un par de vendedores de automóviles, con los que tenía algunos asuntos pendientes, y finalmente había regresado a su hogar.

Con un whisky helado en una mano y sus cigarrillos de siempre en la otra, se dirigió al living. Se sentó en el sofá y sorbió lentamente los dos dedos de líquido ambarino, en tanto miraba las noticias internacionales en el televisor.

Pensaba entonces en aquel plan, que su grupo estaba ejecutando ya en ese momento, y cuyo desenlace sería la llave para el candado que el Presidente había puesto sobre las áreas de negocios donde él y los suyos querían hincar profundamente el diente. Petróleo, telecomunicaciones y prensa. "Poca cosa". Pensó, sonriendo sombríamente.

Su grupo estaba desde hace mucho tiempo interesado en esos sectores de la economía, que consideraban vitales para sus planes. Si bien había crecido mucho el poderío del grupo en las últimas décadas, faltaba un empujón más para subir definitivamente a la cúspide del poder en el país. Ya en algunas partes del mundo, otras unidades del grupo lo habían conseguido, y los resultados eran tan estimulantes que embriagaban a las agrupaciones que aún no se habían alzado con esos trofeos.

Y ya lo hubieran conseguido, de no ser por ese infeliz que ocupaba el máximo cargo ejecutivo del país. El Presidente había resultado ser un enemigo imprevisto, aún para ellos que se jactaban de poder anticipar la mayoría de los movimientos de la escena política local. Pero claro, al final también eran humanos, y habían fallado en prever la actitud que este hombre tomaría respecto de la "corporación", como ellos gustaban en llamarse. Por supuesto, era un nombre muy vago, que no dejaba ver nada del significado de fondo de su agrupación, pero era mejor así. Además, era mucho más positivo que el mote de "antagonistas" con que sus hermanos separados, los videntes, gustaban denominarlos.

Habían estado haciendo un intenso lobby a favor de las empresas de la corporación para ganar licitaciones del estado y contratos en los rubros de su interés, y las cosas habían comenzado a marchar bien. Pero luego vinieron las elecciones presidenciales, y el nuevo mandatario intentó cambiar las reglas de juego. El tipo se presentaba como un idealista lleno de buenas intenciones y sin mucha conciencia de los juegos que ocurrían tras bambalinas.

Por supuesto no era un advenedizo cualquiera; sin un mínimo de inteligencia política y de conocimiento del juego jamás hubiera conseguido la banda y el bastón presidencial. Pero detrás de los inteligentes movimientos que lo llevaron al poder, muy en el fondo incluso, casi irreconocible para él mismo, había un tonto idealista que quería cambiar el mundo. Se notaba en sus acciones, a pesar de que él se mostrara a sus iguales como un político más. La obcecación con que se manejaba y la intensidad emocional que imprimía a su mandato le recordaba a John Kennedy, el Presidente de los Estados Unidos que había sido tan reconocido en su tiempo por acciones semejantes a las de este hombre. "Su destino puede que no sea tan distinto tampoco". Volvió a sonreír macabramente.

De pronto sintió un ligero mareo y una leve náusea, junto con esa sensación rara en el estómago que siempre precedía la aparición de algún otro portador del don. Se levantó del sofá como impulsado por un resorte, y corriendo a la ventana que daba al frente, apenas atisbó desde detrás del grueso cortinado en dirección al frente de su casa. Una figura caminaba por las lajas que formaban el camino a la puerta de la casa. Un instante después, el timbre sonaba a esa hora irrisoria. Alfredo estaba sorprendido. No esperaba a nadie, y menos a alguien de la corporación. Se acercó a la puerta cautelosamente, la sonrisa evaporada de su rostro que ahora era una máscara de tensión.

Oriana enfrentó el ojo inquisidor de Alfredo, que la miraba desde la mínima abertura de la puerta, lo justo para ver con un solo ojo y sin quitar el seguro de la misma. Claramente él no esperaba ninguna visita a esa hora de la noche, y menos de esa mujer que apenas había conocido y que para colmo estaba vinculada a sus más acérrimos enemigos.

- Tengo información que le puede resultar extremadamente útil.- Principió ella.- ¿Puedo pasar?- insistió ante el silencio del senador.

Alfredo dudó unos instantes, pero luego abrió del todo la puerta, quedándose él detrás de la misma. Le dijo a la mujer que se detuviera luego de cruzar la puerta. Cerró, y le hizo señas de que lo acompañe al living. Allí había dejado su segundo vaso de whisky y un cigarrillo que ya estaba apagándose. Encendió otro, extendiendo el silencio, hasta que ella no lo soportó.

- ¿Quiere la información o no?-

- Podría quitarte la información de tu linda cabecita antes de que te dieras cuenta.-

Contestó el hombre en un tono amenazador. Alfredo sonrió ferozmente al notar que la piel de la joven se erizaba, visiblemente alterada.

- Bueno no voy a discutir eso con usted. Simplemente le pido que me escuche un momento y que luego haga lo que quiera.- Soltó ella con tono nervioso. Él le hizo señas para que continuase hablando.- Hay un grupo de videntes que le está siguiendo el paso muy de cerca. Yo formo parte desde hace poco del mismo. Tengo miedo; temo por mi familia y por mí. No quiero problemas. Por eso, estoy dispuesta a darle información a cambio de protección.-

- Siempre algún grupo de videntes está mirando lo que hacemos, señorita.- Soltó Alfredo comenzando a perder interés en la chica.

- Esto es diferente. Sabemos del plan para matar al Presidente, cuándo va a ser ejecutado, y quiénes serán el brazo ejecutor.- Ahora Oriana sonrió, aunque tímidamente, al ver el gesto de sorpresa del senador.

- Continúe.- la instó secamente el hombre.

- Lo hemos estado siguiendo a toda hora, y descubrimos a sus amigos en el local de venta de automóviles, así como la fecha fijada, durante la conferencia del proyecto binacional con Chile.- Hizo una breve pausa y pareció recordar algo.- De hecho, en este preciso momento hay uno de los nuestros en un auto ahí fuera, esperando, observando; por eso me tuve que camuflar de esta manera para venir.-

Alfredo se mostraba cada vez más incrédulo. Le costaba aceptar que lo hubieran estado siguiendo tanto tiempo sin haber notado nada. Él solía ufanarse de sus habilidades de vidente, pero con esto se sentía como un gato cazado por el ratón. Volvió a mirar por la ventana, desde detrás de la cortina, y notó que a un par de casas de distancia había un coche estacionado y con las luces apagadas, y dentro del cual una pequeña luz delataba la presencia de una silueta allí sentada.

El hombre se concentró sobre la imagen de la silueta, tratando de meterse dentro de su cabeza, de oír sus pensamientos. Al cabo de unos pocos segundos, el pobre tipo se bajó del vehículo y salió corriendo en dirección opuesta a su casa. "¡Mierda, la chica dice la verdad!". Pensó amargamente mirando como el tipo desaparecía en la distancia. Se volvió para enfrentar a la mujer.

- ¿Qué espera ganar con esto? No me diga protección porque no soy idiota jovencita. La protección no se viene a pedir como usted ha venido a mí.-

Oriana tragó saliva.

- Quiero pasarme a su grupo, Alfredo. Esta gente está condenada al fracaso. Me parece que el futuro puede ser mejor para mí con ustedes antes que con ellos.- Él la miraba fijamente.- Además, debo reconocer que por alguna razón que no termino de entender usted me resulta... digamos... que me atrae.-

Dijo ella sofocadamente, su rostro enrojecido de vergüenza. Alfredo sintió una punzada de excitación al oír aquello. No lo esperaba. De pronto imaginó el cuerpo desnudo de la mujer, y sintió unas cosquillas en el abdomen; una sensación olvidada largos años ha. Se acercó a ella, intentando abrazarla. Oriana lo dejó hacer. Él buscó sus labios, que ella abrió para él como una flor. La besó intensamente. Pero eso no duró. De pronto la joven se separó de él bruscamente.

- Perdón Alfredo. Es que ahora no puedo... ahora no me siento...- La chica balbuceaba angustiosamente.

- Está bien Oriana. Comprendo. Tendremos tiempo en otra ocasión.- Dijo el hombre, suspirando.- Por un momento me dejé llevar, pero no soy un adolescente, y comprendo que tienes tus tiempos, y que ésta no es quizás la mejor ocasión para conocernos mejor.-

Ella le sonrió tímidamente.

- Gracias.-

En ese momento el teléfono celular de Oriana sonó, sobresaltando a ambos. Ella lo sacó nerviosamente del bolsillo de su abrigo, y vio el número. Demetrio.

- ¿Sí?-

El joven se había acercado peligrosamente a la casa, hasta el punto de oír como el teléfono de ella sonaba en el interior. Al darse cuenta de que estaba demasiado cerca para contestar sin delatarse, se alejó corriendo de la casa antes de decir una palabra.

- ¿Dónde estás Oriana?- Preguntó sin poder disimular del todo su angustia.

- En casa, descansando. La reunión fue agotadora.-

Dijo ella en tanto le hacía señas a Alfredo en dirección a la cortina. El hombre se asomó aún una vez más, y ahora vio a un hombre de espaldas hablando por teléfono. Evidentemente se trataba del interlocutor de la mujer, y del mismo hombre que antes había estado dentro del vehículo estacionado ahí fuera, espiándolo.

El senador se quedó mirando al tipo, y volvió a intentar meterse en su cabeza, sólo que esta vez con mejores resultados. Y lo que pudo entender en la confusa retahíla de pensamientos de aquel pobre diablo venía a confirmar lo que decía Oriana. Eran pensamientos de ira y de angustia, enfocados en la mujer. Evidentemente habían tenido una relación, y el hombre se lamentaba para sus adentros el haber sido tan ciego, haber confiado en ella, y que ahora ella lo traicione y los traicione a todos a la vez.

- Tengo que verte, voy para allá.- Dijo Demetrio con tono imperioso.

- ¿Pero y el senador?- Contestó ella, también angustiada.- ¿Pasa algo Demetrio? ¿Hay algo que debería saber?-

Demetrio debió contener los insultos que acudían a

su boca. Maldita. Le mentía descaradamente. Él sabía perfectamente dónde y con quién estaba.

- Voy a llamar para que me reemplacen. Necesito verte. Ahora.- El tono sombrío no era para nada prometedor.

- De acuerdo. Te espero.-

Cortó la comunicación. Miró al hombre que tenía frente a ella. Alfredo la miraba pensativo. No detectaba en ella ningún signo de estar mintiéndole. Buceó en su cabeza unos instantes, intentado hallar cualquier debilidad en ella, pero no la encontró. "Si las cosas son demasiado buenas para ser verdad, es porque con frecuencia no lo son". Claro que desconfiaba naturalmente de una mujer que se le regalaba en cuerpo y mente de esa manera, y que le traía para colmo un botín como ese.

Pero no encontraba nada en la mujer que indicara que mentía, y además el hombre de allí fuera era decididamente un vidente, y del otro bando, y hubiera puesto sus manos en el cuello de la mujer si la hubiese tenido en frente en aquel momento. Suspiró.

- Bien. Tu ofrecimiento es sumamente tentador. Voy a tomarlo a priori. ¿Cuándo podemos vernos nuevamente? Voy a avisar al resto del grupo de estas importantes novedades y decidir lo que hacer con ellas. Quiero verte pronto de nuevo...-

No era necesario decir nada más para que ella capte de qué manera querría él verla la próxima vez. Ella suspiró a su vez, con gesto preocupado, temeroso.

- En unos días. Necesito recomponerme de todo lo que me está sucediendo. Te pido que me comprendas Alfredo, no es fácil para mí enfrentar todos estos cambios.-

- Claro. En unos días está bien. Te estaré esperando.-

Ella asintió con la cabeza y dando media vuelta, se dirigió a la puerta, saliendo de la casa sin mirar atrás. El senador en tanto se sirvió otro whisky y prendiendo un nuevo cigarrillo, se sentó en el sofá, intentando asimilar lo que había sucedido.

XVI

El teléfono sonaba rabiosamente en casa de Miguel. Demetrio hubo de intentar reiteradamente, hasta que finalmente una voz malhumorada al otro lado le preguntó que quería a esa hora.

- Mande a alguien a cubrir mi puesto en el domicilio del senador. Me tengo que ir urgente a mi casa.- Espetó Demetrio sin demasiados miramientos.

- ¡Demetrio! ¿Qué sucede?- Miguel cambió a un tono de alarma.

- Oriana se vendió a los antagonistas. Nos traicionó...- Suspiró.- ME traicionó, Miguel...-

- ¿Dónde estás?-

- Frente a la casa de este hombre, Alfredo. Debo irme ya de aquí. Ella está dentro de la casa con él. No quiero verla aquí y ahora. No respondo de lo que podría hacerle si me la cruzo en este momento.-

- Comprendo. Ya mismo debes salir de allí. Hay

un bar a dos manzanas de donde estás. Quiero que me esperes ahí. Ya mismo voy.-

Miguel cortó inmediatamente. Las cosas iban según lo previsto. Suspiró. "Ojalá puedas perdonarnos a todos". Se quedó sentado en la cama, esperando. No fue necesario mucho. Apenas unos quince minutos después de hablar con el joven, Oriana llamó.

- Está hecho, Miguel. Se lo creyó. Y no pudo leerme. Hice caso de lo que me dijeron y le sugerí mi atracción por él. Dejé que me tocara un poco. Debe ser verdad que las hormonas mitigan los poderes del don, porque no pudo captar nada que me delate luego de eso.- De pronto como si recordara la otra parte, su voz se quebró en un corto llanto, reprimido al momento.- Demetrio también se lo creyó, tal como suponían que pasaría.- Volvió a gimotear.- ¿Cómo va a perdonarme?-

- Lo hará. Cuando sepa lo que en verdad pasó, lo hará. Ya mismo voy para allá. No entres al bar hasta que yo llegue.-

- De acuerdo, pero hay más. Yo no me siento realmente atraída por ese hombre. De hecho me sentí muy mal al tenerlo tan cerca. Será quizás por ello que pude captar algunas cosas de él. Miguel.- Oriana bajó la voz como si tuviera miedo de que la oyeran.- Lo que creemos saber es mentira, al menos en parte. Planean hacerlo en la gala del Teatro Colón, mañana por la noche.-

- ¡Por Dios!- Miguel apenas pudo proferir las

palabras, presa de un repentino pánico.- No hay tiempo para nada entonces. Salgo corriendo para allá. Es imprescindible que aclaremos las cosas con Demetrio ya mismo y decidamos qué vamos a hacer. Mientras voy de camino, por favor Oriana, te ruego que llames a Aníbal y al padre Ángelo y les pidas que citen a todo el círculo ya mismo en el local. Lo mismo que me has revelado quiero que se lo dejes saber a ellos, para que sepan que se trata de una emergencia.-

Dicho esto Miguel cortó la comunicación y, vistiéndose en tiempo record salió corriendo a la calle en busca de su coche. No estaba muy lejos del lugar de reunión, pero quería llegar cuanto antes. Las noticias que tenía Oriana lo cambiaban todo. No había tiempo.

Demetrio se había sentado de frente a la puerta del bar, y había pedido un café doble. Mientras lo esperaba dejó su vista vagar por la ventana al lado de su mesa. La calle estaba bastante oscura, apenas dejando ver un puñado de personas en la calle en una parada de buses. Cada tanto un coche pasaba, barriendo con sus faros la oscuridad de la calle por apenas una fracción de segundo.

Sentía un nudo en el estómago que le quitaba la respiración. Por momentos tenía deseos de gritar, de tirar la silla en la que estaba sentado contra la ventana vidriada que gracias a un efecto lumínico le devolvía el reflejo de una mirada atormentada; la suya propia. El café llegó y por un momento se perdió en la maraña de pensamientos que lo asaltaban desde que había hablado con Oriana por teléfono. Ella le mintió. Estaba en la casa de ese maldito al que se suponía debía vigilar. Aún no podía creer como todo había cambiado en apenas unos segundos. Se había sentido tan atraído por ella que no había siquiera imaginado la posibilidad de que pasara algo así. "Como siempre, la realidad termina por superar a la ficción". Por supuesto, los hechos demostraban lo equivocado que había estado. Y lo poco que sus nuevos poderes le habían permitido prever de ello. Por un momento había creído, aunque instintivamente supiera que estaba mal, que era de alguna manera superior al común de los mortales. Ahora comprendía de la manera más ardua lo banal de tal creencia. "Ad astra per aspera". Vino a su recuerdo la frase de Séneca. Por lo áspero a las estrellas, queriendo decir que el camino a las más altas aspiraciones del ser humano.- las estrellas.- era áspero. Nunca sintió tan en carne propia las significaciones de aquello.

Podría haber seguido divagando indefinidamente, perdido en sus cavilaciones, si un repentino aunque suave mareo no le hubiera indicado la proximidad de otro vidente. Miró en dirección a la puerta, y casi da un salto en la silla al ver entrar a Oriana junto a Miguel. Sintió que de pronto la sangre se le subía a la cabeza, nublando su visión, en tanto sentía que la respiración se le hacía pesada, dificultosa. Las dos personas caminaron el espacio que los separaba con rapidez, sentándose frente a él.

- Demetrio, muchacho, antes que nada quiero que sepas que lamento no haber podido proceder de una manera menos angustiante para ambos, Oriana y tú.- Comenzó Miguel.- Pero en unos instantes apenas, comprenderás los motivos de ello y confío en que podrás disculpar los desagradables momentos que has debido pasar.-

- Soy todo oídos.- Pudo apenas contestar, con las mandíbulas encajadas por la tensión.

Miguel explicó en pocas palabras lo sucedido. Junto con Aníbal y el padre Ángelo habían sospechado que algo se les escapaba, por lo que pidieron a Oriana que, sin decirle nada a él, ni a ninguno de los otros, fuera a casa del senador y se hiciera pasar por una desertora, ávida de pertenecer al bando contrario a cambio de información. Dijo que la habían instruido en maneras de evitar el análisis exhaustivo de la mente de que era capaz Alfredo, aunque evitó mencionar - dadas las especiales circunstancias emocionales de Demetrio.- de qué manera ella había podido superar dichos exámenes.

El gesto torvo del joven fue ablandándose a medida que el relato de Miguel avanzaba, y él iba comprendiendo que Oriana no lo había traicionado, y que todo era una horrible pesadilla que estaba llegando a su fin. Con gesto suave pasó su mano por encima de la mesa, tomando una de las de Oriana, que le dirigió un gesto por demás expresivo, en tanto las lágrimas afloraban a los ojos de ambos.

Miguel siguió ahora por la parte más terrible de sus noticias, y le contó lo que la joven había podido averiguar acerca del atentado. La cara de Demetrio volvió a ponerse tensa al comprender el escaso espacio de tiempo que había entre ellos y el desastre.

No hizo falta más para que Demetrio dejara de lado sus heridos sentimientos, y con un gesto claramente conciliador abrazó a la joven, se besaron escuetamente, y ya estaban listos para salir de allí. Los tres se pararon de la mesa al mismo tiempo, y mientras el más joven caminaba con prisa en dirección al mostrador del local, los otros dos salieron a la calle en busca del coche de Miguel.

Una vez pagado lo consumido, Demetrio los siguió a la calle. Antes de subir al vehículo se acercó a la mujer, abrazándola otra vez; fuertemente, apasionadamente, con el sentimiento de aquello que había creído perdido y que ahora sentía que había reencontrado. Luego de permanecer fundidos unos segundos, se separaron con un beso, más encendido que el que se habían dado dentro del bar, y subieron al automóvil.

Miguel condujo sin demasiados miramientos, y la noche, con el tránsito mucho más liviano del que habitualmente se podría encontrar en esas zonas tan céntricas durante el horario diurno, estuvo de su lado, por lo que en pocos minutos estaban en la puerta del local de reuniones, donde ya las luces que podían verse dentro indicaban que los estaban esperando.

El más viejo ingresó el primero en el local, seguido de ambos jóvenes, que ahora iban tomados de la mano, como tórtolos enamorados que eran. Habían creído perderse para siempre, y ahora no querían separarse ni un segundo. A pesar de ello, hubieron de soltar sus manos para poder tomar sus lugares en la circulación de emergencia que ya comenzaba.

- Queridos hermanos, les pido que demos gracias a la providencia que nuevamente ha permitido que podamos reunirnos aquí a efectuar nuestros trabajos de perfección.- Comenzó Miguel.- Tomemos unos instantes para mentalmente agradecer a nuestra idea de la divinidad por estar vivos, y seguir teniendo la posibilidad de ser mejores día a día.-

Todos guardaron silencio unos segundos. A pesar de la urgencia de la reunión no era recomendable dejar que la alarma reine y apresurar las decisiones; era una receta segura para el error. Al contrario, debían ahora procurar calmar sus ánimos y permitirse pensar con la mayor claridad posible. Por supuesto que era mucho más fácil decirlo que hacerlo. Los rostros tensos, expectantes, escrutaban el gesto impasible de Miguel.

La espera se prolongó unos instantes, en los cuales todos fueron paulatinamente aflojando la tensión, dejando descansar las mandíbulas y cuellos, descontracturando las miradas. Una vez Miguel percibió que todos estaban en relativa calma comenzó a hablar pausada, hipnóticamente.

Describió someramente los hechos sucedidos hacía apenas un par de horas; la tarea que se le había pedido a Oriana, y los detalles de cómo ella la había llevado a cabo, omitiendo únicamente lo referente al atractivo sexual utilizado para despistar a Alfredo. Luego informó a todos de los descubrimientos hechos por la joven acerca de la verdadera fecha del atentado. Hubo en ese momento varias toses incómodas.

- Pero... esa gala es esta noche...- Apenas consiguió balbucear Ignacio con gesto de incredulidad. El resto no parecían estar encajando mucho mejor aquello.

- Bueno, por eso mismo es que citamos a esta reunión. No hay tiempo que perder.- Miguel paseó la mirada por los rostros nuevamente tensos que lo rodeaban.

- ¿Pero al menos sabemos positivamente quiénes serán el brazo ejecutor del atentado?- Preguntó Marina con tono amargo.

- Eso parece seguir igual.- Confirmó Oriana.- Al menos es lo que pude percibir de Alfredo; sus pensamientos se mantuvieron uniformes en ese sentido. Parecen ser los tipos del local de venta de autos.-

- Bueno hermanos, no hay mucho más que hacer en este momento. No tenemos los detalles del plan, pero sabemos cuándo será, así como quiénes lo harán.-

Retomó Miguel.- Mi opinión es que hoy a la noche estemos todos presentes en la gala. Debemos llegar bien temprano a la zona, y estudiar el espacio y las personas. Conocemos los rostros de los autores materiales, así como del cerebro, por lo que debemos estar atentos, y sobre todo intentar identificar tempranamente a los agresores.- Hizo una pausa, que Aníbal aprovechó para tomar la palabra.

- Esto no es un juego, y bien podemos terminar siendo nosotros los perseguidos. Por eso sugiero que, por más que peligroso, identifiquemos cuanto más temprano mejor a los agresores, pero esperemos hasta que efectivamente hagan su jugada para actuar.- Los demás lo miraron un tanto sorprendidos.- Si no dejamos totalmente expuestos a estos desgraciados, corremos el riesgo de que nos endosen la responsabilidad del atentado. No olviden que estamos luchando contra gente muy poderosa.-

- ¿Y si denunciamos toda la situación al Presidente antes de que suceda?- Propuso Marina con gesto preocupado.- Entiendo que sólo postergarían el atentado, y que quedarían libres y listos para intentarlo luego de que pase la alarma, pero es que ahora, con los hechos tan palpablemente sobre nosotros, de pronto me siento pequeña, insignificante si me perdonan la expresión, al lado de estos oscuros y poderosos oponentes que planean matar nada menos que ¡A un Presidente!-

El padre Ángelo le dedicó una mirada compasiva.

- Querida Marina. Has enunciado perfectamente las razones por las que no podemos simplemente denunciar los hechos. Sin embargo, haces mal en creerte pequeña, o al menos, más pequeña que cualquiera.- Sonrió afectuosamente al continuar.- Todos, incluso estos oscuros y poderosos oponentes como dices, somos criaturas de Dios. Así como ellos quieren llevar adelante esta acción que consideran necesaria para sus fines, nosotros tenemos los nuestros, que son opuestos. Somos pequeños, sí, a los ojos de la eternidad, pero entre nos somos iguales. La cuestión radica en que nuestra misión está en contradicción con la de estos hombres que quieren matar para obtener su objetivo. No podemos, so pena de luego lamentarnos profundamente, dejar que se salgan con la suya. No por ellos. Ni siquiera por el Presidente, aunque sea un ser humano y su vida valga tanto como la de cualquiera.- Miró alrededor, fijando la mirada en cada rostro por un instante a medida que hablaba.- Por nosotros. No debemos permitirlo por nosotros, por amor a nosotros, a nuestras misiones personales, y a lo que significa ser un vidente. Tenemos esta responsabilidad, queridos hermanos, y no me siento con estómago para dejarla a nadie más. Comprendo el temor, dado que yo también lo siento, pero les ruego que no dejemos que sea él quien guíe nuestras acciones.-

Marina asintió en dirección al sacerdote, con los ojos vidriosos, el gesto teñido de emoción. Murmuró un "gracias", en tanto los demás también contestaron afirmativamente.

- Bien hermanos, creo que lo mejor que podemos hacer es descansar. Vamos a necesitar de todas nuestras energías más tarde. La gala es a las ocho de la noche, por lo que les ruego estén aquí al mediodía, para poder dirigirnos al teatro juntos. Vayan todos en paz.-

Todos se pusieron de pie. El ambiente se sentía pesado, denso, como si el aire pudiera cortarse con un cuchillo. Los rostros sombríos y demacrados, delatando la falta de buen sueño y tranquilidad desde hacía ya unos cuantos días. Salieron en silencio del local y se dirigieron a sus respectivos hogares, en busca de al menos algo de descanso. Miguel tenía razón, esa noche iban a necesitar de toda la energía que tuvieran. Y para bien o para mal, esta situación agónica que les quitaba el sueño y la calma se resolvería también. Luego ya volverían el descanso y la tranquilidad. O al menos eso esperaban todos.

XVII

Llegaron al teatro poco más de unas dos horas luego de reunirse en el local, a mediodía en punto. Aníbal dio instrucciones acerca de cómo deberían manejarse en las inmediaciones del teatro, para no atraer excesiva atención o levantar sospechas del personal de seguridad que ya desde temprano estaría montando un dispositivo en las inmediaciones del lugar. Luego se encaminaron al teatro en parejas, un hombre y una mujer. Era más fácil pasar bajo el radar como parejas que paseaban por la zona que como un grupo compacto o como individuos.

Una vez en la zona, se dedicaron a caminar casualmente por las calles de los alrededores, mirando y mirando, en busca de los rostros conocidos de sus enemigos. Pero seguramente era muy temprano para que aparecieran. Era probable que para poder llegar hasta el Presidente, los asesinos fueran a estar incluidos en algún grupo oficial, parte de alguna delegación de una embajada, o de algún otro grupo de ese estilo, dado que con el gran dispositivo montado alrededor y la inmensa cantidad de asistentes al evento lo más atinado para intentar el magnicidio era hacerlo desde la mayor cercanía. Frente a la escalinata del teatro había una inmensa plaza, y los edificios adyacentes al mismo estaban totalmente copados por el dispositivo de seguridad, haciendo que un disparo a la distancia fuera virtualmente impracticable.

Luego de haber repasado la zona un par de veces y convencerse de la ausencia de los ejecutores, se acercaron a un bar en las cercanías del teatro. Había que guardar las apariencias, y si se quedaban expuestos a la vista toda la tarde, la seguridad del lugar los iba a tener en la mira.

Miguel y Ana entraron al bar los primeros. Buscaron la mesa más grande que había y pidieron sendos cafés. Casi pisando sus talones entraron Demetrio y Oriana, y unos minutos más tarde llegaron Roberto y Elsa, siendo los últimos Ignacio y Marina, que llegaron casi detrás de los otros.

Todos pidieron café, y comenzaron a conversar en voz baja, haciendo silencio cuando alguien pasaba cerca de la mesa. Los resultados de la pesquisa temprana eran todos pobres; nadie había encontrado alguno de los rostros relacionados a los antagonistas. De todas maneras, el paseo había servido para inspeccionar la zona, y ahora estaban totalmente seguros de que la acción iba a ser desde cerca. Incluso potencialmente cuerpo a cuerpo con el Presidente.

- Bueno hermanos, habrá que esperar. Saboreemos este café y este momento juntos, dado que más tarde la cadena de hechos es tan vertiginosa como impredecible, y no sabemos qué nos deparará el destino.- Saludó Miguel, y todos asintieron.

- ¿Dónde están Aníbal y el padre Ángelo?- Preguntó Oriana como recordándolos de repente.

- Aníbal tiene buenos contactos tanto en el gobierno como en el teatro, por lo que está en este momento gestionando el acceso irrestricto para nosotros al evento de hoy.- Contestó Miguel, entre sorbo y sorbo de su humeante taza.- Respecto del padre Ángelo, dentro de la Iglesia Católica conoce a muchas personas también, y está haciendo gestiones similares a las de Aníbal, para poder estar donde otros no vamos a poder estar.- ante la mirada confundida de Oriana, aclaró.- La Iglesia va a enviar una delegación al evento. El padre está gestionando su propia inclusión en la misma. Como enviados de la Iglesia Católica son casi intocables dentro del recinto, y gracias a ello va a poder estar en todo momento muy cerca de cualquier potencial escenario donde pudiera ocurrir el evento.-

Satisfecha la joven con las respuestas dadas por Miguel, siguieron tomando sus bebidas en silencio. Luego conversaron un buen rato sobre temas intrascendentes, como un ejercicio para aligerar la tensión mental. A continuación, pidieron más bebidas, y siguieron conversando. Para cuando se dieron cuenta, ya habían pasado varias horas y el tiempo de espera había terminado. Había que prepararse para la confrontación.

El automóvil presidencial se detuvo frente a la escalinata del Teatro Colón. La impresionante seguridad alrededor del edificio de pronto se volvió más tensa. Todos los hombres, como pistoleros del salvaje oeste americano hollywoodense, prestos a desenfundar las armas a la menor señal de alerta.

El Presidente de la Nación bajó de la limousine negra en que viajaba, acompañado por cuatro hombres de los de mayor confianza. Hombres preparados para recibir balas, puñaladas, en fin, todo aquel intento dañoso que estuviera dirigido a la figura presidencial.

Levantando su mano derecha, saludó a la gente que se había acercado al lugar para verlo llegar, la cual aguardaba en la lejanía, detrás de las vallas, para ver pasar a aquel hombre notoriamente corto de estatura, de aspecto provinciano, con prominentes patillas, una mirada hipnótica, y una oratoria avasallante, que se llevaba las voluntades a donde quisiera.

Tenía muchos detractores. Muchos incluso lo acusaban de traidor a la patria, y de cosas innombrables. Sin embargo de ello, no dejaban de reconocer que vivían una época de descomunal exposición al mundo. Durante décadas el país se había ido encerrando en sí mismo, perdiendo contacto con el mundo, siendo desconocido por el mundo.

Con grandes costos, es verdad, tanto económicos como educativos y sociales, se las había ingeniado para que Argentina fuera nuevamente parte del mundo. Es cierto que quizás no fuera muy atractivo ser parte de un mundo empobrecido espiritualmente, donde gran parte de las personas no comprenden el verdadero sentido detrás de la fé y se transforman en una forma especial de ateos que no hacen honor a ese nombre; un mundo con graves déficits educativos, donde los niños y jóvenes salen de las instituciones educativas sabiendo cada vez menos, y sobre todo sabiendo cada vez menos cómo hacer para saber, o sea, teniendo menor capacidad de continuar aprendiendo una vez finalizados los estudios formales; un mundo donde la economía se ha ido centralizando cada vez en menos manos, y donde ha crecido la pobreza de manera generalizada, donde la esclavitud se ha dejado ver nuevamente en la forma de la explotación incontrolada de los ahora llamados "recursos humanos", una mera sutileza retórica que sin embargo deja bien clara la mentalidad de quien la formula y de quienes la utilizan; los seres humanos prefijados por la utilización de que son objeto por las empresas, de ahí la palabra recurso; las empresas pueden tener entonces un edificio, algunas mesas, un compendio de documentación, una cuenta bancaria, y algunos seres humanos, y todos son indiscriminadamente recursos.

Quizás no era este el mundo en que a los argentinos les hubiera gustado reinsertarse. Quizás no era el momento oportuno para volver. Quizás. Pero hubiera sido hipócrita e incluso inmoral intentar seguir siendo una isla en el mundo. A pesar de lo que digan los poetas en sus bellas metáforas, los hombres, y las naciones, si realmente tienen aunque sea un mínimo atisbo de humanidad, no pueden realmente ser islas, y simplemente ver pasar en el agua los cadáveres de quienes viven a su alrededor. No. Si algo de humanidad hay en ellos, y comprenden y sienten la hermandad que los une como criaturas humanas que son, no pueden quedarse al margen del mundo, y mucho menos en una de sus horas oscuras.

Había que volver, y el hombre que estaba subiendo la escalinata del teatro Colón en ese momento era responsable de que lo hayan hecho. Por supuesto que había mucho miedo de las consecuencias de volver, muchas de las cuales ya se estaban viendo. Y eso le había generado muchos enemigos, entre ellos, estos tan poderosos que ese mismo día iban a intentar suprimirlo, borrarlo, eliminarlo. Matarlo. El miedo, ese pasajero oscuro que nos acompaña a todos en nuestro viaje por la vida, era el que actuaba en esos hombres. Cobardes en definitiva. Pero cobardes peligrosos.

A medida que el Presidente subía la escalinata, los

cuatro hombres que lo acompañaban subían con él, formados alrededor del mandatario, preparados para impedir que cualquiera se acerque desde todas las direcciones posibles.

La escalinata en sí había sido despejada una hora antes de toda persona ajena a la seguridad. Cada cierta cantidad de escalones, y a ambos lados de la misma, un hombre se la seguridad presidencial montaba tensa guardia; todos ellos listos para auxiliar a los cuatro que iban con el Presidente si fuera necesario.

Mientras tanto, el pequeño hombre en tan grande tarea continuaba subiendo los escalones, mientras pensaba, ya cercano el fin de su mandato presidencial, en lo que le había costado aquella aventura.

Y era inevitable para aquel pobre diablo sentir la amargura más recalcitrante en sus entrañas al hacer la cuenta de todo lo perdido. Su esposa, de la que estaba separado, lo odiaba visceralmente. Su hijo, muerto en un accidente dudoso, como el altísimo precio pagado por haber tomado malas decisiones políticas en relación a un país lejano con el que no debería haber intentado jugar. Los amigos y socios que lo habían acompañado hasta la cresta del poder, ahora comenzaban a alejarse, no contestaban sus llamadas. Y el pueblo en general, que lo había recibido como a un héroe, ahora lo dejaba ir como a algo nefasto que se debe olvidar cuanto antes.

Estaba seguro de que la historia, al menos la

inmediatamente venidera, no le haría justicia, y que los grandes sacrificios a que se vio sujeto quedarían subsumidos tras los grandes errores que había cometido. Claro que no todo habían sido errores en su mandato, pero al igual que en las noticias, es el morbo el que vende; son los errores lo que la gente recuerda; los aciertos carecen, al parecer, de buen marketing.

En definitiva, se sentía en esos momentos profundamente solo; abandonado por su familia, por sus amigos, por sus socios, y finalmente pero no por ello menos importante, por el pueblo en general.

Meditando en todo eso es que aquel hombre estaba terminando de subir la escalinata del teatro Colón, en dirección a una gala artística en la que no tenía virtualmente interés alguno, pero a la que se veía obligado a asistir por cuestiones políticas. No podía verse "oficialmente" con cierto personaje, perteneciente al más grande partido político opositor, y del que era uno de sus más importantes referentes. Por ello debía recurrir a este tipo de subterfugio, donde en un palco privado, durante la gala, aquel hombre se sentaría a su lado y conversarían acerca de su posible sucesión en el sitial presidencial, sin testigos ni actas.

Al llegar a la cumbre de la escalinata, miró hacia atrás y saludó con la mano a la gente congregada alrededor. Sin saber bien si el murmullo generalizado era de insultos o alabanzas, volvió a girar sobre sí mismo e ingresó al teatro.

Alfredo llegó al teatro Colón una media hora antes del horario programado para el arribo del Presidente. Estaba algo nervioso, por lo que fumó un par de cigarrillos en la puerta antes de ingresar al recinto.

Había hablado con Federico y Pablo, los dos hombres encargados de la materialización de sus planes, apenas unos minutos antes, para asegurarse de que todo marchaba según lo planeado.

Por supuesto que ellos estaban aún más nerviosos que él. Tan cerca del momento de la verdad, ambos estaban aterrorizados, tomando real noción de lo que iban a hacer. Pero no hizo falta que les recordara el vínculo que los unía, ni amenazarlos. A pesar del terror seguían dispuestos a cumplir su parte. "Mejor para ellos." Pensaba sombríamente Alfredo. No dudaría en utilizar todos los medios a su alcance -incluida la violencia.- para lograr concretar su plan.

Una vez dentro del teatro, saludó a varias personas que lo reconocieron, y se dirigió a la zona de los palcos. Caminó un rato por allí, con la tranquilidad de quien se siente dueño del lugar, examinando los palcos alrededor del que él debía ocupar. Satisfecho el examen, y sin haber encontrado indicio alguno de cualquier cosa que pudiera entorpecer lo que debía suceder, se ubicó en su palco, sacó un librito con el programa de la gala y se puso a examinarlo tranquilamente.

Aníbal caminaba por un largo pasillo lateral en dirección a la entrada del teatro cuando vio ingresar a Alfredo al mismo, muy lejos pero justo frente a él. Se arrimó contra una de las paredes, intentando que aquel hombre no lo viera, lo cual resultó innecesario dado que luego de dudar un instante el senador se encaminó en la dirección opuesta.

Decidió seguirlo, suponiendo que podría guiarlo al lugar donde probablemente todo sucedería. Manteniendo una distancia prudencial, lo siguió hasta los palcos, donde contempló el examen que el otro hacía de los mismos, y como luego ingresaba en uno. Luego de esperar un rato y no verlo salir, supuso que sería ése el lugar donde Alfredo aguardaría el momento de la acción. Tomó nota mental del número de palco y se dirigió nuevamente a la entrada. Debía dar las entradas preferenciales que había conseguido al resto de sus hermanos del círculo, y avisar de la novedad respecto del senador.

En tanto Aníbal volvía sus pasos nuevamente hacia la entrada del lugar, el padre Ángelo ingresaba al mismo, con las credenciales obtenidas de su amigo, el actual obispo de la ciudad de Buenos Aires. Mostró las credenciales a la seguridad ubicada en la puerta. Estos miraron la documentación y al hombre que la portaba, para luego apartarse respetuosamente a un lado de las puertas.

El sacerdote ingresó y se dirigió de inmediato a la zona de palcos, donde tenía ya reservado un espacio, compartido con algunos otros representantes de la iglesia de los que no tenía la más mínima noticia. Se cruzó al pasar con Aníbal, que lo saludo secamente al pasar. Ninguno de los dos dio señales de reconocimiento, dado que para la mayor parte de quienes los conocían ellos eran dos extraños.

Aníbal salió entonces a la escalinata, mirando en dirección a la calle, tratando de identificar a sus amigos. Había mucha gente en los alrededores, que se había ido aglomerando desde hacía buen rato, lo que dificultaba bastante su labor De pronto vio varias manos alzadas haciendo señas, y enfocando mejor la vista reconoció a Ignacio y Demetrio, que agitaban los brazos tratando de llamar su atención.

Bajó la escalinata a la carrera en dirección a sus amigos. Al llegar junto a ellos estaba casi sin aire, por lo que hubo de aguarda un instante antes de poder articular palabra alguna. Prontamente les comentó las novedades, respecto de Alfredo como del sacerdote, ambos ya ubicados en la zona de palcos privados.

- ¿De los otros dos hombre no hubo noticia?- Preguntó Miguel con gesto preocupado.

- Aún no los he podido localizar.- Confirmó Aníbal.

- Bien. Trataremos de estar con los ojos bien abiertos. Me parece que lo mejor será que entremos y aprovechemos hasta que llegue el Presidente, momento en que la seguridad probablemente se estreche más, para dar un pequeño paseo en la zona de los palcos a ver si podemos ubicar al resto de las personas de nuestro interés.-

Todos asintieron. Subieron junto con Aníbal la escalinata en dirección a la puerta, donde la seguridad hizo la consabida rutina de chequeo de credenciales antes de permitirles el ingreso. Una vez dentro del recinto se dirigieron directamente a la zona de palcos, donde ya los otros dos actores del drama que estaba a punto de comenzar los esperaban.

Una vez allí se separaron en parejas nuevamente, caminando tranquilamente por los pasillos, mezclados con la multitud de personas que pululaban en la zona, a la espera de la hora en que comenzaría el espectáculo. Por mucho que atisbaron en los palcos y en los mismos pasillos, no encontraron los rostros de los magnicidas.

De pronto vieron aparecer personal de seguridad por todas partes en los pasillos, despejando educada, aunque insistentemente los pasillos. La gente comenzó a desaparecer, ubicándose cada cual en sus palcos, por lo que cruzaron una mirada resignada y se metieron en los palcos que Aníbal había conseguido para ellos.

Pocos minutos después, el propio Aníbal fue pasando por los palcos avisando que el Presidente había arribado y que en ese momento se dirigía hacia su palco. Había conseguido sólo tres credenciales con acceso total, lo que incluía el permiso para circular por el recinto incluso en los momentos de máxima seguridad. Una ya la estaba usando él, y respecto de las otras dos preguntó a Miguel a quienes debería entregarlas. Aquel decidió que fueran para Ignacio y Demetrio; eran ambos jóvenes y fuertes, y en caso de darse –como parecía ser el caso.- un conflicto violento, eran los más adecuados para actuar.

Aníbal entregó una de las credenciales a Demetrio y acto seguido se despidió de los otros y en compañía del joven se dirigieron al otro palco, donde hicieron lo propio, saliendo al cabo con Ignacio.

Caminaron entonces los tres por el pasillo, con las credenciales abrochadas en sus sacos, de manera tal que fueran bien visibles para el personal de seguridad, que de otra manera los hubiera detenido cada diez pasos. Todo el pasillo estaba repleto de hombres de traje oscuro y auricular, todos fornidos, todos con abultados sacos, evidentemente cargando armas de fuego bajo los abrigos.

Vieron pasar al Presidente por el pasillo, caminando con paso ligero en dirección a su palco. Por supuesto ni siquiera intentaron acercarse. Se quedaron a un costado del pasillo mientras la abigarrada comitiva pasaba como una tromba. Caminaron hasta estar a una distancia prudencial del palco presidencial, y se apostaron por unos momentos en el pasillo, a la espera de los acontecimientos. Estos no se hicieron esperar demasiado, para su sorpresa.

Desde el lado contrario al que ellos ocupaban, vieron aparecer la figura de Alfredo, caminando con premura pero sin perder la compostura. Se detuvo frente al palco del Presidente, y luego de cruzar unas pocas palabras con los hombres apostados en la entrada ingresó al palco. Aníbal y los otros cruzaron miradas alarmadas.

- No puede ser... el palco tiene que estar a rebosar de personal de seguridad. No hay manera de que algo suceda allí.- murmuró en vos apenas audible Demetrio.

- Estoy de acuerdo. No es posible que los otros estén ahí dentro tampoco. El palco es sometido a exhaustivas revisiones desde el día antes de la visita del mandatario. No hay manera de que esos tipos estén allí.- Respondió Ignacio en el mismo tono.

- Muy bien caballeros, en ese caso sugiero que nos guiemos por el sentido común. Si no es posible que estén allí, ni es posible que suceda nada allí, es porque no va a ser de esa manera.- Terció Aníbal.

- ¿Y cómo será entonces?-

En ese preciso momento del palco salieron el Presidente seguido del senador, dirigiéndose ambos en dirección a donde ellos estaban, y acompañados por dos corpulentos miembros de la seguridad presidencial.

- No lo sé, pero sospecho que vamos a averiguarlo bien pronto.- masculló Aníbal.

Con un aire casi casual, como si no estuviera huyendo de quien podría reconocerlo, Aníbal enfiló en dirección al palco que tenían justo enfrente, haciendo señas a los otros dos para que lo acompañaran. Con la mayor naturalidad ingresó al mismo, devolviendo el saludo a los azorados ocupantes del mismo, que lo miraban esperando algún tipo de explicación. Aduciendo un error inocente, se disculpó con aquellas personas y volvió sobre sus pasos en dirección a la salida, acompañado por los dos jóvenes, que lo seguían de un lado al otro como si de guardaespaldas se tratase.

Cautelosamente, asomó la cabeza al pasillo, alcanzando a ver a los dos hombres seguidos por los dos guardias fornidos desaparecer en dirección a los toilettes de la zona de palcos.

- Creí haber oído que el palco presidencial contaba con baños propios...- Ignacio puso cara de extrañeza.

- Oíste bien, mi querido Ignacio.- acotó Aníbal.- Imagino que querrán hablar sin que nadie escuche.-

- ¡Allí es donde deben estar los otros dos tipos!- Demetrio dio un fuerte respingo al decir aquello, como si de pronto se hubiera quedado sin aliento.

Los otros dos lo miraron horrorizados. Claro que tenía sentido. Los baños donde estaban entrando aquellos hombres eran públicos, y si bien entraban dentro de la rutina de control del equipo de seguridad, no estaban sujetos a una vigilancia tan estricta como los espacios más cercanos a la figura presidencial.

Se acercaron a paso cada vez más acelerado al baño, en tanto que veían como uno de los hombres de la seguridad ingresaba al mismo y luego de una rápida inspección hacía un gesto afirmativo con la cabeza. El

Presidente y el senador ingresaron al mismo, en tanto los otros dos hombres montaban guardia en la puerta. Estaba claro que no iba a ser fácil entrar.

El Presidente y el senador ingresaron a la zona de lavabos del toilette de hombres. Prendieron la máquina eléctrica de secado de las manos, la cual con el furibundo ruido que hacía al funcionar les aseguraba cierta privacidad de los oídos de terceros.

La charla debía ser breve y concisa, arrancó el Presidente, a lo que el otro accedió con una sonrisa condescendiente. Sabía que tenía la baza ganadora. No solamente aquel hombre venía perdiendo poder político, sino que además él sabía que no viviría para salir caminando de esa habitación. No tenía problema en que la charla fuera como él quisiera.

Mientras el Presidente comenzaba a explicarle los puntos principales para un acuerdo de cara a las próximas elecciones, Alfredo lanzó una rápida ojeada al final de los baños, donde por el espejo se alcanzaba a ver la rejilla del enorme y antiquísimo ducto de ventilación, por el cual en ese preciso momento se estaban descolgando los dos hombres con los que apenas una hora antes había hablado al teléfono.

Desde dentro la máquina impedía oír los gritos que iban en aumento en la puerta, mientras Aníbal y los dos jóvenes trataban de hacer entender a la seguridad del grave peligro. Los hombres, avezados a las intentonas de cualquier advenedizo y lunático habidos y por haber por acercarse a figuras como el Presidente, les cerraron el paso en seco, incluso amenazando con sacarlos violentamente del lugar. De poco sirvió que mostrasen las credenciales de máximo acceso. Los hombres se estaban poniendo nerviosos. Aníbal intentó razonar con los guardias. No había nada que perder con entrar un momento al lugar. A lo sumo pedirían disculpas al mandatario por la intromisión, y él gustosamente aceptaría cualquier sanción por aquello.

Los guardias se miraron. Si no fuera por las credenciales de esos tipos ya los hubieran hecho meter presos. Pero incluso con las credenciales aquello sonaba a locura. De todas maneras, y en última instancia, no perdían gran cosa con verificar. Si llegara a ser verdad lo que esos lunáticos decían...

De pronto, como si de una de esas abruptas tormentas estivales se tratara, la situación estalló violentamente. Los guardias ingresaron tímidamente al lugar. Vieron a los dos hombres hablando frente a la rugiente secadora.

Casi dan media vuelta para salir, cuando uno de ellos vio las dos sombras moviéndose en el espejo, a espaldas del Presidente. Con un grito de asombro tiró de su arma, imitado maquinalmente por su compañero, que aún no había visto a los hombres, fuera de su visión gracias a la puerta de ingreso al lugar. El primero saltó hacia adelante, disparando inmediatamente su arma contra los atacantes. El otro captó enseguida el punto de origen del peligro, y arrojándose hacia delante, abrió fuego en cuanto tuvo ángulo de visión, cayendo a los pies de su compañero.

La maniobra probablemente salvó su vida, dado que las balas con que los otros respondieron fueron a dar justo sobre su cabeza. Su compañero en cambio recibió dos impactos en el pecho y cayó pesadamente hacia atrás.

El hombre miró a los atacantes. Uno había recibido un balazo en medio del estómago, y se deslizaba hacia el piso, chillando como un marrano ante el intenso dolor. El otro apenas herido cerca de un hombro, buscaba frenéticamente su arma, que había volado de sus manos al recibir el impacto. Sin dudar, el hombre disparó repetidamente sobre el atacante, clavando tres plomos en el pecho del tipo, que cayó sin vida, como un manojo de carne en el piso.

El guardia miró al Presidente, que se había arrojado al suelo casi debajo de los lavabos. Parecía estar bien. Comenzó a incorporarse, pero al girar en dirección a su compañero, sintió un tremendo golpe en el pecho que lo tiró contra la pared contraria, desde donde se deslizó al suelo, inerte.

Aníbal y los dos jóvenes entraban en tromba al lugar justo en ese momento, viendo a Alfredo disparar al guardia a apenas unos dos metros de distancia, y contemplando a este estrellarse contra la pared.

Alfredo entonces, totalmente fuera de sí, la furia cegándolo por completo, giró el brazo, apuntando al

Presidente que lo miraba con terror, aún a medio incorporarse, agarrado del mármol del lavabo.

El disparó retumbó en el baño, los ojos del mandatario cerrados, esperando el impacto. Pero este no sucedió. Al abrir los ojos, pudo ver a Alfredo en el suelo, siendo sujetado por dos hombres jóvenes, mientras otro mayor se acercaba a él.

- Señor Presidente, soy médico, permítame comprobar que está usted bien.-

- Muchas gracias caballero, pero creo que lo único que necesito son unos calzones limpios.- Rió nerviosamente el mandatario.- Ayude mejor a mis hombres. Tienen chalecos, pero los disparos han sido de muy cerca.-

- Por supuesto.-

En tanto Livingston revisaba a los dos guardias caídos, una docena de hombres de la seguridad presidencial ingresaron al lugar. El Presidente explicó breve y concisamente lo sucedido, con lo que tomaron bajo custodia al senador, en tanto corroboraban el estado de salud de los otros dos atacantes. Uno estaba muerto; con tres balas en el pecho no había tenido ninguna chance. El otro tenía una fea herida en el estómago, que no auguraba un buen desenlace, pero aún vivía.

Se lo llevaron con los mayores cuidados; no porque quisieran preservar su salud, dado que para esos hombres la vida de ese malnacido no valía un centavo. Pero hacía falta que viva al menos lo suficiente para que declare.

Levantaron al senador, ya esposado, del suelo. El Presidente se acercó al hombre, mirándolo fijamente durante unos segundos. El silencio era mucho más elocuente que cualquier cosa que se hubieran podido decir. Alfredo despedía furia y odio por los ojos, en tanto el otro hombre mostraba simplemente un cansancio tremendo, como si de golpe los largos años de su presidencia le hubieran caído sobre los hombros. Ante una seña del mandatario, dos de sus hombres sacaron al senador de allí agarrado por los brazos, con los pies en el aire.

Aníbal terminó de verificar la salud de ambos guardias. Por fortuna el Kevlar había evitado lo peor. Sin embargo los disparos habían sido muy cercanos, por lo que ambos deberían sanar de múltiples fracturas óseas. A pesar de ello, estaban vivos para contarlo.

Cuando sacaron a los dos heridos del lugar, Aníbal se puso de pie, mirando a sus jóvenes compañeros, que aún esperaban allí de pie, con los ojos inyectados en sangre, y aun temblando debido a la profunda conmoción. Les dedicó una sonrisa aprobatoria. Todo había terminado.

XVIII

La sala de conferencias del hotel estaba repleta. Representantes de todos los círculos del país habían asistido a la asamblea. Se oía un bullicio ensordecedor, producto de tantas personas cuchicheando al mismo tiempo.

- Señores. Hermanos, un poco de orden por favor.- Pidió una voz cansada, extenuada por la jornada vivida el día anterior. Se trataba del doctor Livingston.- Quisiera primeramente agradecer a todos por su presencia.-

Aníbal aguardó unos instantes mientras se hacía el silencio. Una vez la enorme habitación estuvo totalmente a la expectativa, señaló a los que lo acompañaban en la improvisada tarima desde la que estaba hablando.

- Estos hermanos que están aquí son los responsables de haber llevado a un feliz desenlace lo que empezó siendo una pesadilla y una carrera contra reloj. Por favor.- Dijo haciendo un gesto a Miguel para que tomara la palabra.

- Gracias Aníbal. Y gracias a todos por venir. Por fortuna todo lo que tengo son buenas noticias. El senador Alfredo Pérez está detenido acusado de traición. No parece que tenga grandes chances de superar el juicio que le espera con éxito, por lo que pagará por lo que ha hecho.- se dejó oír un murmullo de aprobación, pero Miguel alzó las manos pidiendo silencio.- Respecto del resto del grupo de antagonistas, muchos de ellos están siendo detenidos mientras hablamos, en tanto algunos por desgracia han sabido comprender lo que sucedía y se han dado a la fuga. Pero lo importante es que el grupo ha sido severamente diezmado. Por fortuna hemos podido asestar un golpe terrible a su organización, del que quizás tarden mucho en recuperarse; al menos yo no espero verlo en lo que me queda de vida.-

- ¿Y qué pasó con el Presidente?- Preguntó una voz desde la muchedumbre.

- El Presidente ha sido informado por Aníbal de que él, junto con sus dos asistentes, Demetrio e Ignacio, habían oído la conversación telefónica entre el senador y los atacantes, pero dado el cargo que ostentaba Alfredo, supusieron que la única manera de que les creyeran era cazarlos con las manos en la masa. A la vista de cómo se han dado los hechos, el Presidente se ha dado más que satisfecho con ello.

Además, el atacante sobreviviente inculpó a Alfredo y dio los nombres de muchos de los demás integrantes del grupo.-

- ¿Y qué hay de nosotros? ¿No sería esta una oportunidad para salir a la luz del día como lo que somos?- Preguntó la misma voz.

El padre Ángelo pidió entonces la palabra.

- Hermano, debo recordarte el lema de nuestra orden, que desde tiempo inmemorial rige nuestra forma de interactuar con el mundo profano. "Desde el inicio de los tiempos hemos estado aquí, pero no somos como los demás. No podemos serlo. Vivimos vidas secretas, simulando algo que en verdad no somos, mezclados en la multitud. Nadie sabe que existimos, y así debe permanecer"; y así, querido hermanos, debe permanecer.- Contestó el sacerdote.- Comprendo el entusiasmo que la sangre joven puede dar, pero ruego que comprendamos que el mundo en que vivimos aún no está listo para que caminemos a plena luz del día como lo que verdaderamente somos. Volverían las cazas de brujas, y todo lo logrado laboriosamente a lo largo de docenas de siglos se perdería.- Miró con una sonrisa amable en dirección al hombre que había hecho la pregunta.- Hermano, por favor te ruego que pienses detenidamente en las consecuencias que semejante acción podría tener para todos nosotros.- El hombre asintió en silencio, respetuoso del sacerdote.

La reunión continuó todavía un buen rato más,

hasta terminar de informar todo lo sucedido el día anterior. Luego Miguel agradeció a todos, y poco a poco, la sala se fue desagotando del gentío que la poblaba. Los últimos en salir fueron Aníbal y Miguel. Sobre la puerta de ingreso a la sala podía leerse un cartel que indicaba la primera "reunión plenaria de la cámara de vendedores ambulantes de aceites esenciales".

- Esperemos que el negocio ambulante de aceites esenciales no prospere demasiado, sino vamos a tener que revisar nuestras políticas para la próxima asamblea general.-

Lanzó Aníbal con una sonrisa picaresca. Miguel rió, festejando la chanza, y dando una palmada en la espalda al médico. Caminaron cansinamente hasta la salida del céntrico hotel donde habían llevado a cabo la asamblea general de los videntes de todo el país.

XIX

Algunos meses después...

Oriana estaba preparando té en la cocina, en tanto Demetrio le leía algunas noticias del periódico desde el living. La casa era la de Demetrio. Las cosas habían venido sucediendo de la manera más tranquila en aquellos meses, desde los oscuros días en que les pareció que el mundo, o al menos el mundo como lo conocían, podría haber llegado a su fin.

Luego de los agitados días posteriores al frustrado atentado contra el Presidente de la Nación, en que se dio caza sin cuartel a los integrantes del grupo de antagonistas; otro senador nacional, varios diputados, y un buen puñado de presidentes y directores de grandes compañías que operaban en el país, se contaban entre los detenidos en aquellos días, mientras que otros tantos estaban aún prófugos de la justicia.

Luego de aquello, habían venido semanas enteras de calma, en que las cosas poco a poco fueron volviendo a la normalidad. Aunque claro, quizás normalidad no era la palabra que mejor podría describir la relación amorosa entre dos jóvenes que podían casi "leer" la mente de los demás, incluidas las suyas, que recíprocamente intentaban leerse a veces, en sus ratos de ocio.

Esa forma tan especial de relacionarse había hecho que las reservas mentales y de otras índoles aplicables en otras relaciones no tuvieran sentido para ellos. Más tarde o más temprano, todo lo que estaba en la mente de uno iba a parar a la mente del otro; era ridículo pretender cualquier tipo de reserva.

Así, entre ellos se fue afianzando una relación completamente honesta, basada en la absoluta confianza en el otro. Poco a poco, fueron entendiendo el significado de relacionarse de aquella manera.

Y fueron comprendiendo a la vez el sentido de sus misiones personales, que de hecho habían resultado ser los rumbos que, sin saberlo tan prístinamente como ahora, ya habían tomado antes de conocerse.

Ella sentía por la pintura una pasión y una alegría sólo comparables con las que sentía él por el olor del cuero curtido, y el sonido de las herramientas al armar un calzado artesanal, como desde hacía siglos venía confeccionando su familia.

Pero por supuesto, Demetrio había estado

aprendiendo de pintura, dado el amor que su amada Oriana sentía por ellas, y por el otro lado ella se había interesado por los distintos tipos de cueros y los mecanismos para el armado del calzado.

Demetrio era consciente de la, digamos, falta de glamour de su misión particular, pero siempre que ese pensamiento cruzaba su mente, recordaba la miríada de actividades que el ser humano puede desarrollar en tanto pisa este mundo, y lo poco glamoroso de tantas de ellas; y sin embargo, muchas personas optaban por ellas. Por supuesto que en algunos casos las personas tomaban una profesión por simple necesidad, pero muchos otros lo hacían sintiendo una verdadera vocación por lo que hacían; esos eran, casi sin excepción, los que mejor hacían su labor.

De resultas de aquella dinámica que iba en progreso entre ellos, no hizo falta mucho tiempo para que Oriana se fuera a vivir con su novio el zapatero, como lo llamaban despectivamente los padres de la joven. Les costaba aún comprender el nuevo mundo en que Oriana comenzaba a sumergirse, donde se rodeaba de gente de todos los calibres y tenores. Pero poco a poco irían viendo la felicidad en los ojos de su hija; eso sería suficiente para hacerles comprender su error.

La mudanza de Oriana llevó luego de un tiempo a la proposición, que Demetrio realizó de la manera más teatral posible. Claro que no era fácil ocultar una cosa como aquella a una persona que puede leer en tu cabeza, por lo que el joven debió utilizar todos los ardides posibles para mantener a Oriana en la oscuridad respecto de su propuesta por al menos un par de días, tiempo suficiente para montar el escenario de la misma.

Entonces, una tarde en que estaban retozando en la cama, luego de haber disfrutado de los placeres de sus cuerpos jóvenes, el timbre sonó y Demetrio se fue corriendo a atender, su desnudez apenas cubierta por una frazada.

Volvió con un paquete de correo, el cual abrió sobre la cama, y allí estaba. Un anillo de oro para sellar su amor ante los padres de ella, que veían mal que se acostaran sin estar casados. Y para la sociedad en que vivían, que de esa manera los reconocería como matrimonio, y para los hijos que ambos deseaban, que estarían protegidos por la ley.

Ella rió alegre ante la vista de la dorada sortija. Era una gran muestra de amor. No es que se fueran a amar más por estar casados, por supuesto. Pero era una muestra de hasta qué punto estaban ambos dispuestos a combinar sus destinos en uno solo.

Se abrazaron un buen rato, aún desnudos en la cama. Luego Oriana miró la hora y haciendo una seña a Demetrio, se vistieron en silencio y salieron a la calle. Los esperaban sus hermanos del círculo Amigos de la Humanidad.

Mientras recorrían los últimos metros antes de ingresar al local de reuniones, ambos levantaron el rostro al cielo, como si agradecieran a la divinidad esa maravillosa oportunidad en que se habían conocido, en ese mismo punto geográfico, justo frente a la puerta del local de reuniones. Tomados de la mano, entraron al lugar aun sonriendo a las estrellas.

ACERCA DEL AUTOR

Constantino Eneas se interesa por temáticas fuera de lo ordinario, podría decirse incluso paranormales. Sus trabajos han venido enfocándose en asuntos invariablemente relacionados con la psicología, lo onírico, las sociedades secretas, el ocultismo, entre otros temas. Algunas de sus novelas son El Tiempo por Vivir (2010) y La Logia de San Juan (2012).